COLLECTION FOLIO

Vénus Khoury-Ghata

La fiancée était à dos d'âne

Mercure de France

© *Mercure de France,* 2013.

Romancière et poète, Vénus Khoury-Ghata est l'auteur d'une œuvre importante, dont *Le moine, l'Ottoman et la femme du grand argentier* (prix Baie des Anges 2003), *Quelle est la nuit parmi les nuits*, *Les obscurcis*, *Sept pierres pour la femme adultère* (Folio n° 4832), *La fille qui marchait dans le désert*, *Le facteur des Abruzzes* (Folio n° 5602) et *La fiancée était à dos d'âne* (Folio n° 5800). Elle a reçu le Grand Prix de poésie de l'Académie française 2009 et le Goncourt de la poésie 2011 pour l'ensemble de son œuvre poétique.

À Isabelle Gallimard

Le vieillard chétif qui peine à dos d'âne entre deux dunes ne peut être le grand rabbin de Mascara. Yudah imaginait l'homme nettement plus grand et plus imposant, bedonnant comme tous les gens bien nourris, avec ne serait-ce qu'une ou deux dents en or pour narguer le soleil. Yudah l'imaginait chevauchant un cheval fougueux, pas cette vieille carne si basse du cul que les chaussures du saint homme tracent deux sillons parallèles dans le sable du désert. Indignes du grand rabbin, la chapka en fourrure de lapin, le bouc taillé à la diable et cet air si misérable qu'on lui ferait volontiers l'aumône d'une poignée de pois chiches.

Annoncée depuis un mois, la visite du rabbin Haïm a donné lieu à des préparatifs hors normes. Moutons cardés, selles de chameaux agrémentées de sequins, enfants et chèvres lavés dans l'eau du même bac, mais après les filles, devenues aussi rutilantes que les marmites de leur mère. Car c'est pour ces filles que le rabbin Haïm a traversé le désert, pour elles qu'il a affronté chacals et chardon, serpents de sable et sauterelles. Son but : passer en revue les filles à marier de la tribu juive des Qurayzas et offrir la meilleure à l'Émir Abdelkader qui n'en a pourtant nul besoin, au dire de certains, ses quatre épouses lui suffisent amplement.

Un mois jour pour jour qu'ils attendent son arrivée, même ferveur que pour le Messie, attendu depuis que le temps est temps. Bêtes harnachées, filles frottées au benjoin, bétail aligné comme chevaux de race pour la parade derrière les éventuelles fiancées qui adressent des sourires forcés au vieillard gris comme le sel extrait de la mine toute proche. Gris de la tête aux pieds, étroits comparés à ceux de ses hôtes, larges comme empreintes de chameau en cavale. Maigres et rôties au soleil, les filles de la tribu Qurayza ne sont ni belles ni laides, ni grandes ni petites, mais savent sourire, qualité non négligeable vu la guerre d'usure qui oppose Abdelkader au colonisateur français, plus qu'une qualité, un atout pour attirer ses bienfaits sur cette communauté, la protéger de ceux qui tuent les juifs sans raison (huit mille lors du massacre de Mascara en 1835), d'où l'intervention du duc d'Orléans qui a intégré les mille survivants à la retraite de son armée, les sauvant d'un nouveau massacre. Mauvaise initiative, on ne s'improvise pas soldat du jour au lendemain. Incapables de suivre la progression de l'armée française, certains sont morts en chemin et ceux revenus à Mascara, des artisans, ont été enlevés par Abdelkader et intégrés à son armée.

Une fille juive dans le lit du caïd rendrait sa dignité à la tribu nomade des Qurayzas, condamnée à l'errance de peur d'être exterminée, et apporterait richesse et bienfaits sur toute la communauté.

Deux jours à dos d'âne pour trouver la fiancée idéale alors que personne ne l'a chargé de cette mission. Rabbin Haïm l'a décidé de son propre chef avant d'enfourcher la vieille bête, prêt à traverser le désert.

Jambes et bras épilés, mains teintes au henné, une fille à marier doit ressembler à un miroir. Chacune espère être l'élue et partir vivre en ville. Le désert est fait pour les hommes, leur regard croit voir des oasis avec des palmiers lourds de fruits quand les femmes ne voient que du sable sur du sable. Le désert pour elles est une prison.

Un regard circulaire a suffi au rabbin pour trouver l'élue. Il choisit Yudah pour son nom, une contraction de Yahuda, et pour ses yeux baissés lorsqu'il l'a regardée. Toute femme est belle pour le rabbin du moment qu'elle n'est ni manchote ni borgne.

L'heure de la prière venue, le rabbin oscille

d'avant en arrière telle chaise à bascule en plein vent alors que les hommes de la tribu restent rigides. Relâchement des mœurs dû à l'éloignement et à l'usure du temps.

Comment observer des rites quand le monde change incessamment autour de soi, qu'il suffit de vents contraires pour effacer les dunes, ou d'un khamsin meurtrier pour démanteler un campement et qu'il ne reste personne pour témoigner de l'existence de ceux qui l'habitèrent ? Les lèvres croient prier, les sens tendus vers les odeurs épicées de l'agneau cuit dans son gras. Toutes les mains se tendent en même temps vers le plat posé au milieu de la natte. Le mouton sacrifié en l'honneur de l'illustre hôte nourrira grands et petits. Viande déchiquetée à belles dents, pain azyme trempé dans la sauce épaisse, lippes rouges dans visages noirs luisants de graisse. Ils font des efforts pour ne pas sucer leurs doigts après chaque bouchée. Pas de pain levé ni de boissons fermentées pour que l'âme puisse se libérer de toute arrogance et orgueil.

En retrait des autres, Yudah ne mange pas. Sa grand-mère qui la coiffe étire ses cheveux à grands coups de peigne comme pour les allonger avant de les tresser. Des tresses fines et ondoyantes parsemées de perles bleues, puis du kohl pour souligner les yeux et autour du poignet les sept bracelets rituels, cadeau d'Abdelkader, dit le rabbin. Et personne n'ose douter. Un rabbin ne ment pas. Ils le croient de nouveau lorsqu'il déclare avoir demandé à l'Émir de ne pas toucher la fille avant qu'elle ait atteint ses quatorze ans. Les hommes repus et accoudés sur les coussins, le rabbin Haïm essaie d'atteindre leur cœur. Il reparle du massacre de Mascara et des huit mille juifs tués à coups de sabre. Pourquoi tient-il à faire voler leur sérénité en lambeaux en évoquant un monde qu'ils ont fui ? Et pourquoi les mères l'écoutent-elles avec des hochements de tête approbatifs lorsqu'il répète qu'une fille juive dans le lit d'Abdelkader vaudra sa protection à toute la communauté ? Les mères seraient capables de fournir toutes les filles de la tribu à l'Émir, ne leur a-t-on pas dit qu'un musulman a droit à quatre épouses, donc multipliées par deux quand il s'agit d'un émir ?

« Pourquoi tue-t-on les juifs ? demande une voix de garçon qui mue.
— Parce que des juifs ont crucifié le Christ, il y a mille huit cents ans.
— Je trouve qu'ils font beaucoup pour quelques blessures. »

Les jeunes rient, les vieux se voilent la face de la main comme pour effacer l'image de l'homme mort sur deux bouts de bois et qui n'a pas cessé de leur faire payer le prix. Le sommeil les ayant éparpillés sous les tentes, des paroles traversent une cloison.

« Crois-tu que notre fille plaira à l'Émir ? Et va-t-il la garder toute sa vie ?

— Je l'espère, sinon elle nous reviendra avec un enfant. On le prendra comme tout ce qui vient de Dieu, ce n'est pas la place qui manque dans le désert. »

Départ le lendemain à l'aube sous les youyous des femmes et le long cri rouillé envoyé aux quatre points cardinaux à travers la corne de bélier. Le cousin amoureux s'en acquitte avec des sanglots dans la voix. Que le désert informe Tombouctou de son malheur. Plus qu'un cri, une supplique, seule Yudah l'a perçue. Elle aurait fui semant le rabbin et ses bracelets si sa mère n'avait retenu sa cheville d'une main ferme. Il faut être demeurée pour préférer un jeune chamelier au grand caïd.

La fille agrippée à la selle et le rabbin qui fouette l'âne comme s'il était un cheval rapetissent à mesure qu'ils s'éloignent. Le peigne en corne, le sachet de henné, la boule d'ambre et les amulettes épinglées sur l'envers du vêtement constituent la dot. Attachées à une corde, la marmite, la cafetière en cuivre et les trois louches strient l'air de leur tintamarre. Les dattes charnues serrées dans un balluchon adouciront le voyage, la mère les a offertes sans regret. Elle a même confié à sa fille un pain non levé et des herbes amères pour lui rappeler le départ précipité des juifs d'Égypte il y a plus de cinq mille ans et l'amertume de la vie. La mère de Yudah donnerait sa peau si on le lui demandait. Ce n'est pas tous les jours qu'on marie sa fille au grand Abdelkader qui a levé une armée avec ses propres fonds. Les Qurayzas le connaissent victorieux. Personne ne les a informés des pertes subies dernièrement par cette même armée. Les Qurayzas ne sont pas au courant de la rupture du traité de la Tafna qui accordait à Abdelkader la souveraineté sur les deux tiers du territoire ni des forteresses enlevées l'une après l'autre par le général Bugeaud devenu le gouverneur général d'Algérie, faisant du grand caïd un hors-la-loi, pourchassé par les Français, l'homme à abattre. Bientôt leur prisonnier.

Le campement étant très éloigné de la première ville, l'étrange couple ne croise personne sur son chemin. Le bruit des sabots étouffé par le sable devient audible à la vue des premières maisons.

Lorsqu'une rue pavée prend le relais du désert. Des maisons en dur, des arbres lourds de fruits et des massifs de fleurs surgissent à chaque foulée de la monture. Yudah ne connaît qu'une fleur, celle du aousaj qui fleurit après la pluie puis disparaît trois jours plus tard, rendant son vrai visage au désert.

Rues, maisons, jardins clôturés, la jeune fille

découvre le monde de l'homme qui fera d'elle sa femme. Scellée comme un coffre, elle se gardait pour lui, et son cousin qui l'entraînait derrière les dunes n'a jamais pu lui faire écarter les cuisses. Elle le laissait pincer la pointe de ses seins. Le désir qui frayait un chemin humide jusqu'à sa fente ne lui fit jamais perdre la tête qui oscillait. Haletante de désir, elle continuait à garder les cuisses fermées. Ne lui a-t-on pas dit que le jus craché dans la fente d'une vierge pourrira sa descendance et tuera tous ses enfants dans l'œuf ?

Toute une journée à dos d'âne, aucun des deux ne se plaint de fatigue. La nuit venue, et les rues devenues désertes, Yudah chante, convaincue que sa voix pourrait disperser l'obscurité. Ce que ses lèvres marmonnent, est-ce vraiment une chanson ?

« En quoi cette nuit est-elle différente de toutes les autres nuits ? Pourquoi cette nuit ne mange-t-on que des herbes amères ? Et pourquoi trempons-nous nos légumes deux fois au lieu d'une ?... »

Chante-t-elle si mal pour être rabrouée ? Rabbin Haïm lui dit d'arrêter. Seules les mauvaises filles chantent. Les femmes honnêtes parlent quand on s'adresse à elles.

Les maisons se suivent, basses ou hautes, et la question : comment les gens supportent-ils de vivre dans le même lieu alors que les nomades déplacent leurs tentes chaque fois qu'ils se lassent d'un paysage ? Les arbres qu'elle voit pour la première fois, elle les assimile aux passants avec la différence que ces derniers marchent alors que les arbres passent toute leur existence au même endroit à regarder dans la même direction. Ce soir, elle en est certaine, elle dormira entre des murs, à l'abri d'un toit, un homme s'allongera sur elle. Elle a promis à sa mère de ne pas se refuser à lui, de retenir son cri dans sa gorge lorsqu'il l'ouvrira. Peu importe qu'il soit le grand caïd. Nus, tous les hommes sont pareils lorsqu'ils labourent le sillon de la femme pour y jeter leur semence.

Certains ont besoin de repères précis — nom de personnes, numéro de rue — pour se rappeler les événements passés. Venue du désert et privée de repères, Yudah retient des choses morcelées sans cohérence entre elles. Livrée à l'intendant de la smala qui ne comprend rien aux explications du rabbin, celui-ci l'envoie sous la tente des épouses. Concubine ou domestique ? Ces dernières décideront. De tous les visages qui l'accueillent, elle s'accroche à celui de Kheira, la première épouse de l'Émir. La seule à lui avoir souri. La voilà sous une tente alors que les femmes de sa tribu lui avaient parlé d'un palais.

« C'est quoi, un palais ?

— Une maison dans une maison, dans une autre maison. »

Sa grand-mère le lui avait dessiné avec les fils de la laine qui pendaient de sa quenouille. Sa grand-mère voyait des murs en hauteur dans les carrés qui se suivaient à ras du sol alors que

Yudah n'y voyait rien. Pour dévier le malheur du chemin de sa petite-fille, l'aïeule cassa le fil d'un coup de dent avant de ramasser sa quenouille.

« Tu m'emmènes dans ton palais ? » avait demandé son petit frère, et elle n'avait pas dit non.

Le palais promis est pareil à tous les campements mais en plus grand. Les fidèles d'Abdelkader vivent sous des bâches. La smala, une capitale mobile. Son tracé qui reproduit la symbolique du cosmos obéit à une organisation rigoureuse. La tente d'Abdelkader au centre d'un cercle entouré des douars des différentes tribus. Une ville de toiles et de pieux, plantée, arrachée, puis replantée là où les combats de l'Émir l'entraînent. Une ville qui marche, prête à le suivre. D'un champ de bataille à un autre champ de bataille.

Soldats, tolbas, armuriers, tailleurs, ferrailleurs, femmes, enfants et vieillards partagent la même foi et la même haine du colonisateur français.

Rabbin Haïm confie Yudah à un homme armé d'un yatagan à l'entrée du campement, gardien de la smala d'après ce qu'elle comprend et qui ne sait quoi faire de cette fille donnée avec une explication vague.

« C'est pour l'Émir, une fiancée juive. Elle lui sera dévouée et lui donnera une belle descendance en contrepartie de la protection de notre communauté qui saura lui être utile en temps voulu. N'appelle-t-on pas les juifs le peuple de la mémoire ? »

Se tournant vers elle :

« N'oublie pas de lui donner du plaisir, le plaisir rapproche de Dieu. »

Rabbin Haïm promet de revenir le lendemain pour s'assurer que la fille a trouvé sa place dans la smala à côté des autres épouses. Il est si fatigué pour le moment, une nuit de sommeil et un bon repas, et il trouvera demain les mots justes pour plaider la cause des juifs de Mascara, de grands artisans, des ferrailleurs, des armuriers, des couteliers et des tailleurs, tous sont prêts à servir Abdelkader.

Des années plus tard, Yudah devenue Judith sur un autre continent aura tout oublié de son arrivée à la smala. Sa mémoire avait effacé tous les visages, excepté celui de la première épouse d'Abdelkader qui lui avait souri avec bienveillance.

Sous le vaste chapiteau où elle fut conduite, on célébrait une naissance, peut-être une circoncision. Les youyous des femmes, les cris des enfants l'empêchaient de savoir ce qu'on fêtait au juste. Les mains qui applaudissaient claquaient comme ailes d'aigle qui survole un troupeau, comme le vent qui hurlait à l'extérieur et fouettait la bâche au-dessus des têtes. On annonçait une grosse tempête pour la nuit.

Accroupie dans un coin, la tête enfouie entre ses genoux, la fille venue du désert attendait la fin du vacarme pour annoncer son arrivée à tous ces gens, leur expliquer qu'elle était la promise d'Abdelkader et qu'elle n'avait pas à rougir de sa dot confiée au gardien de la smala : un peigne en corne, un sachet de henné, une boule d'ambre, des amulettes, des casseroles, trois louches rutilantes ainsi qu'une outre en peau de jeune chèvre et des dattes. Tout un balluchon de dattes. L'angoisse la rendait muette. Elle était incapable de prononcer un mot ou de tendre la main vers la montagne de pâtisseries offertes à qui le désirait alors qu'elle avait faim. L'épuisement dut avoir raison d'elle pour qu'elle sombre si vite dans le sommeil. Yudah dormait en position assise et personne ne l'avait remarquée.

Le bruit de la pluie sur la bâche pareil aux pas d'une caravane en marche, elle se croyait chez elle, dans le désert. Son cousin Daoud tient les rênes du chameau en tête. Il se retourne, la regarde puis se frappe la poitrine du poing trois fois de suite avant de s'éloigner. Les coups sur la poitrine équivalent à une promesse. Il l'épousera à son retour. Elle l'aurait certainement épousé sans l'irruption du vieux rabbin sur son vieil âne. On ne désobéit pas au représentant de Dieu qui tient entre ses mains le destin de tous les membres de la communauté.

Yudah aurait continué à dormir si un vent violent après la pluie n'avait soulevé la tente, prêt à l'arracher du sol. Réveil brutal, dans le noir. Seuls visibles dans l'obscurité, les restes du banquet éparpillés sur les plats en cuivre. Tous les convives partis. Le vent qui s'engouffrait par l'ouverture l'avait poussée sur le sol rugueux. Ses mains qui tâtonnaient s'agrippèrent aux franges d'un tapis. Elle s'y enroula comme dans une couverture pour se protéger du froid et des rafales qui lacéraient la bâche au-dessus de sa tête.

Le balai se fige dans la main du garçon à la vue de la fille enroulée dans le tapis. Doit-il la balayer avec les miettes et les épluchures qui jonchent le sol ? Nul besoin de la secouer, elle se redresse, lisse ses vêtements froissés, met de l'ordre dans ses cheveux ébouriffés et lui ordonne de la conduire auprès de son maître.

« L'Émir m'attend. Je suis sa fiancée juive. »

Voyant qu'il ne réagit pas, elle le houspille, le presse de l'accompagner. Elle est incapable de trouver sa tente. C'est pour lui qu'elle a traversé le désert, pour lui qu'elle a sacrifié son cousin qui s'est frappé la poitrine du poing jusqu'au sang, pour lui que sa mère s'est séparée de ses plus belles casseroles, louches, calebasse, peigne en corne et boule d'ambre.

« Il est où ton Émir ?

— ... à la guerre. Il tue les Français. Il va les exterminer tous d'un seul coup de son sabre. »

Il est désolé de ne pouvoir l'aider, comment

reconnaître la tente du chef parmi tant d'autres alors que toutes se ressemblent.

Balayer le sol sous les pieds d'Abdelkader revient à plus méritant que lui. Toutefois il va essayer d'expliquer son cas à lalla Kheira, la première épouse, la vraie, les trois autres ne comptent pas, rien que des ventres à remplir de sa descendance. C'est pour elle que le caïd a écrit ce poème :

Que n'as-tu pas demandé
Ô fille de Malek
Je suis l'amour et l'aimé
Et l'amour tout entier
Je suis l'amoureux et l'aimé en public et en secret.

Une main sur le cœur, l'autre armée du balai gesticulant dans le vide, le balayeur a déclamé debout, les pieds joints, sa voix étranglée par l'émotion.

« Malek, c'est qui ?

— Le père de lalla Kheira. C'est lui qui m'a appris ce poème. Je sais le dire mais pas l'écrire. Les mots changent de sens quand ils sont sur le papier. L'encre les rend tristes. »

Yudah sent-elle si mauvais pour que le balayeur la conduise au hammam ?

Mélange de sueurs et de chairs redondantes dans un lieu restreint. La maigreur de l'étrangère fait ricaner les mères, les filles tirent sur ses bracelets en os, tirent ses cheveux desséchés par le khamsin. Dépouillée de sa robe, plongée dans l'eau bouillante, des mains puissantes la frottent vigoureusement comme pour arracher sa peau, effacer l'odeur du désert, enlever le sable incrusté sous ses ongles. La bassine de cuivre remplie d'eau de pluie, c'était dans une autre vie, dans un autre monde la prédiction de sa mère qu'elle épouserait un prince ; la tache bleue au ras de ses fesses le disait. Une tache scrutée, palpée, commentée par les voix criardes. Anomalie ou prestige, le carré de peau aux couleurs du ciel ?

Vacarme de l'eau et des femmes, Yudah pleure le silence du désert, l'ombre des dunes, l'odeur du linge crissant au soleil. Retirée de l'eau brûlante parce qu'elle étouffait, on lui pose mille questions. Les mères veulent savoir si elle est vierge, si elle a une dot, les enfants veulent savoir si elle a un père et une mère, si elle avait des jouets, un livre et des crayons de couleur. Une vieille veut savoir si les juifs du désert mangent les sauterelles crues ou grillées au feu de bois.

Évitant d'ajouter du bruit à leur bruit, Yudah répond à toutes les questions par un hochement de tête. Le désert lui manque plus que son père et sa mère, plus que son cousin et ses poings qui frappaient sa poitrine, la suppliant de se garder pour lui jusqu'à son retour.

Yudah attend depuis deux semaines le retour de l'homme qui doit l'épouser. Accroupies devant une marmite fumante, les femmes qui font bouillir du linge, celles qui donnent le sein à un nourrisson lui font la même réponse :
« Il est à la guerre. »
Moins angoissée par sa situation, elle entendrait les coups de feu qui strient l'air, le bruit du canon qui se rapproche des campements devient parfois assourdissant. Elle poursuit ses investigations sans se précipiter pendant que les autres ramassent enfants et volailles à l'intérieur. Les coups de feu n'effraient pas la fille habituée aux chasseurs de gazelles dans le désert, le bruit du canon ne fait pas trembler celle qui tenait tête au khamsin. Le mot « guerre » n'a pas de sens pour elle. Impossible d'avoir peur de ce qu'on ne connaît pas. Yudah ne craint pas la guerre mais le vent du désert qui emporte les tentes, disperse le bétail, aveugle les vieillards et les cha-

meaux alors que le vent de Mascara se contente de balayer les ruelles et d'incliner les palmiers qui se redressent dès qu'il a le dos tourné. Ville et désert accaparent ses pensées. Elle passe son temps à comparer. Naissance, vie et mort n'y ont pas les mêmes significations. L'enfant né en ville n'est pas frotté avec du sable, la femme n'accouche pas debout mais allongée sur un matelas, les morts ne sont pas confiés à un trou au pied d'une dune mais sous une pierre gravée de leur nom pour marquer leur passage sur cette terre.

Pour rien au monde Yudah ne voudrait retourner au désert. La guerre ayant une fin comme toutes choses, elle attendra Abdelkader qui l'épousera une minute après son retour. N'ayant qu'une robe sur ses épaules, il lui en achètera une deuxième, lui donnera à manger trois fois par jour pour mettre de la chair sur ses os, arrondir ses hanches et ses bras. La ville éclaircira sa peau qui deviendra blanche comme les assiettes de lalla Kheira, blanche comme les dents des étrangères qui s'aventurent dans la smala et rient la bouche ouverte. Pas de découragement, ni d'impatience, elle l'attendra le temps qu'il faudra, profitera de son absence pour apprendre et combler ses ignorances. N'avait-elle pas pris pour un jardinier le fossoyeur qui creusait un rectangle pour le besoin d'une inhumation ? Accoudé sur le manche de sa pelle, et l'excavation devenue profonde à ses pieds, l'homme joignit ses mains dans un geste de prière lorsque apparurent deux silhouettes transportant un corps. La brume matinale n'empêcha pas Yudah de deviner les traits du visage sous l'étoffe : les deux cavités des yeux, le menton carré, le front bombé, les pieds attachés par une cordelette comme pour empêcher le mort de fuir. Dans quelque temps, elle osera pénétrer dans le carré réservé aux livres, apprendre à déchiffrer les écritures avec un tolba même si l'enseignement est réservé aux garçons. Attendra le retour du cheikh de la madrassa, parti lui aussi à la guerre comme tous les hommes de la smala. Yudah arpente à longueur de jour une ville habitée par des femmes, des enfants et des vieillards. Elle ne parle à personne. Personne ne lui adresse la parole, elle ne demande à manger à aucune des femmes accroupies devant leur marmite fumante, les dattes de sa mère lui tiennent lieu de repas.

« Une mahboula. Il faut être folle pour se croire la fiancée du caïd qui ignore son existence, une cinglée pour marcher des journées entières et ne s'arrêter qu'à la tombée de la nuit quand la fatigue plie les genoux et que les pieds refusent de faire un pas de plus », disent ceux qui croisent son chemin, et leur cœur se serre de pitié.

Captées par ses oreilles au cours de ses déambulations, les bribes de phrases : combats intenses, tentative avortée de soulever la Kabylie, démission de Bugeaud, le fils du roi de France nommé gouverneur général d'Algérie, ne lui disent rien. Yudah laisse leur explication à plus intelligent qu'elle, à lalla Kheira qui pleure et prie pour que son homme lui revienne vivant.

La première épouse d'Abdelkader n'aime que son homme. Honneurs, richesses, pouvoir ne l'ont jamais tentée. Son instinct lui dit qu'il va lui revenir vaincu, et elle se prépare à le consoler, à lui faire comprendre qu'il est plus qu'un chef de guerre, plus qu'un caïd, qu'il est un poète, un mystique, un soufi. Elle a toujours trouvé les mots qui l'apaisent.

Les rumeurs colportées de ville en ville et de bouche en bouche parlent de défaite imminente. Abdelkader rend les armes après quinze années de combat et lalla Kheira ordonne à toutes les femmes de la smala de se préparer à l'exode. Habituées à partir, balluchon et enfant sur le dos, aucune d'elles ne proteste. « Reddition et exil », mots prononcés par toutes les lèvres.

Abdelkader se rend et accepte de quitter l'Algérie à condition de choisir la ville qui l'accueillera avec ses proches, Alexandrie ou Saint-Jean-d'Acre, peu importe, il s'exilera dans un pays arabe. Mais c'est dans le port de Toulon que les Français le débarquent avant d'en faire leur prisonnier. La France a menti, le chef de guerre vaincu va entraîner toute une population sur le chemin de ses tourments. Le reste de ses fidèles, combattants, artisans et leurs proches envoyés à l'île Sainte-Marguerite avec l'espoir que le fort conseillé par l'évêque d'Alger, monseigneur Dupuch, pourrait les contenir. 560 personnes : 49 hommes, 113 femmes, 89 enfants ainsi que des insurgés et des criminels algériens dont la France voulait se débarrasser, au dire d'un historien, alors qu'ils étaient plus de trois mille.

1987 — Île Sainte-Marguerite

Odeur d'algues pourries et de feu mal éteint. Les murs du monastère ondoient à travers les fumées. Les mouettes ont semé des bouts d'ailes sur les rochers. Écriture de plumes mortes déchiquetées par le vent et les vagues. Le monastère à une extrémité de l'île, le fort à l'autre extrémité. Entre les deux, des pierres noires, rouges, blanches incrustées dans une terre blafarde. On dirait des écoliers obéissants, rangés par ordre de taille. Signes cabalistiques ou motifs décoratifs dus à un paysagiste fantasque ?

Je connaissais le monastère de loin, de l'autre rive, de la terrasse de ma maisonnette en bordure de l'Estérel. La cloche qui sonnait matines, laudes, tierce, vêpres et complies rythmait mes journées. Une cohabitation de loin. La mer nous séparait. Un bras de mer franchi après vingt-cinq années d'hésitation grâce à la navette qui relie l'île au littoral.

Le vieil homme en chasuble élimée et bottes boueuses surgi de derrière un bosquet me fait de grands signes des bras.

« Reculez, malheureuse ! Vous marchez sur les morts. Ce que vous prenez pour des pierres sont des tombes : noires pour les hommes, rouges pour les femmes, blanches pour les enfants. Six cents morts. Diarrhée, fièvre typhoïde, faim et froid. Un hiver sans cœur. Habitués à un climat doux, ils n'ont pas résisté. La Méditerranée n'est pas la même partout. Ils vivaient sous des bâches, dormaient sur un sol imbibé d'eau. Le fort ne pouvait contenir grand monde et les religieuses vouées au silence et à la méditation ne pouvaient héberger tous les étrangers qui ont débarqué sur l'île. Les poings furieux martelaient le portail, prêts à le défoncer pour abriter femmes et enfants du froid et de la pluie. L'abbesse terrorisée a fait sonner la cloche pour alerter les moines de l'île Saint-Honorat du danger qui les guettait. La pluie et les coups sur le portail ayant redoublé de violence, et les moines de Saint-Honorat restés sourds à ses appels, l'abbesse a envoyé une religieuse parlementer avec les hommes en colère. Une sourde, pour ne pas entendre leurs revendications.

« "Vous êtes dans un lieu privilégié, au Paradis, leur a-t-elle expliqué. Profitez de notre générosité et réfugiez-vous sous les arbres en attendant la fin de la tempête. Demain, avec l'aide de Dieu, vous irez dans un lieu plus approprié à votre condition. Éloignez-vous du monastère où nous prions pour vous. Votre colère nous empêche de nous concentrer sur votre malheur."

« Protégées par les murs du monastère, les religieuses priaient, chantaient, prières et chansons assourdissaient les supplications et les menaces proférées par les bouches qui vociféraient.

« "Au nom d'Allah, ouvrez !", suppliaient les uns.

« "Ouvrez, sinon on va vous égorger !", menaçaient d'autres. »

« Le nom du même dieu appelé de part et d'autre de la même porte. Mais personne ne le réalisait. »

Qualifier des simples pierres de tombes est excessif, me dis-je en quittant les lieux. Pas le moindre nom ou prénom comme si personne n'y avait été enterré et que leur âme devait errer jusqu'à la fin des temps. Pas de dates non plus mais les stries aveugles sur le calcaire et leur disposition en cercle à l'intérieur d'autres cercles, comme si les hommes qui avaient suivi Abdelkader dans son exil devaient continuer à mourir jusqu'à l'extinction totale de leur race.

Debout sur le débarcadère, prête à reprendre la navette du retour, la voix du vieillard continuait à tonner dans mes oreilles, même bruit que les vagues qui frappaient les rochers et les murs aveugles du fort.

Les pierres noires, rouges, blanches resurgissent sur ces pages, devenues le vrai cimetière de la horde de misérables qui ont suivi Abdelkader dans son exil.

Récit de l'abbesse Marie de la Sainte-Croix

Un millier d'hommes, de femmes et d'enfants ont débarqué cette nuit sur notre pauvre île alors que l'évêque d'Alger nous avait annoncé l'arrivée d'une poignée de femmes, d'enfants et de vieillards chassés de leur pays. Comment les compter dans le noir et la bousculade qui a suivi ? Il pleuvait à verse, une pluie glaciale qui traversait les os et cinglait les voiles déchiquetées de leurs misérables embarcations.

Ruisselants d'eau et de colère, ils se ruent sur le monastère, seul lieu éclairé de l'île, et frappent au portail. Voyant que personne n'ouvre, ils le martèlent de leurs poings, prêts à l'arracher de ses gonds. Tétanisées par la peur, nous prions. La prière, rempart contre la horde de barbares capables de violer, tuer, boire notre sang. Le diable dans chaque paume contre le portail, le diable dans chacune des voix qui vocifèrent.

« Ouvrez, par Allah » devenu « Ouvrez, sales femelles, sinon on va vous étriper ». Comment leur ouvrir alors que le monastère est interdit aux hommes, l'ordre des Carmélites le veut. Le matin venu et les poings fatigués de cogner, ils se sont éloignés la bave aux lèvres avec la menace de revenir avant la nuit. Les mains qui voulaient tuer, étriper, ont déballé des bâches, des pieux, des pelles, des marteaux. Les pelles ont creusé des trous, les marteaux ont enfoncé les pieux dans le sol. Leurs ahanements n'étaient pas signe de fatigue mais de satisfaction face au travail accompli. Vus à la lumière du jour, ils deviennent plus grands. Des hommes jeunes et robustes. Accroupies à ras de terre, devant leur marmite posée sur trois pierres, les femmes essayent de faire du feu avec la broussaille humide. Elles sont capables de souffler cent fois de suite sur la même étincelle. Ranimer un feu mort, calmer la colère de l'homme nécessitent la même endurance, les mêmes efforts et elles s'essuient le front avec l'ourlet imbibé de sel de leur robe. Elles décortiquent, hachent, touillent toute herbe susceptible de se transformer en nourriture. Elles sentent la fumée alors que leurs hommes sentent la mauvaise sueur, leur rage n'est pas près de s'éteindre. Ils ont travaillé tant qu'il a fait jour, le soleil disparu et un vent fou ayant soufflé sur la pinède, ils se sont engouffrés sous les tentes. Demain, après une nuit de sommeil, ils s'occuperont des noyés morts lors de la bousculade qui a suivi le débarquement.

Insupportable, la vue des cadavres gonflés qui flottent dans l'anse. Flux et reflux les bercent dans un grand fracas. On dirait qu'ils dansent. Les pelles qui ont creusé des trous pour les pieux creuseront des trous plus vastes pour les enfouir. Ils se doivent aux vivants. Les morts qui ont toute l'éternité devant eux peuvent attendre.

Mes religieuses et moi prierons pour leur salut lors des vêpres, avec toute la ferveur nécessaire pour leur admission dans le ciel des chrétiens. Pas un seul homme parmi les noyés de l'anse, mais des femmes, des enfants, des vieillards piétinés par plus forts et plus rapides qu'eux.

Nous avons prié le Seigneur de nouveau, à matines pendant que les étrangers dormaient sous leurs bâches. Vues de loin, les tentes montées à la hâte ressemblent à des chapeaux en papier. Ils dorment tête-bêche, emboîtés les uns dans les autres, les bras des parents tiennent lieu d'oreillers. Les pleurs qui traversent la toile serrent nos cœurs. Comment les calmer alors que nous avons fait vœu de nous tenir loin du monde ? Méditation, réflexion, silence, isolement voulus, assumés pour être au plus près du Seigneur. Méditation, réflexion, silence mais austérité et frugalité aussi. Pas une miette sous la table, le pain partagé permet au corps de se maintenir en vie à seule fin de célébrer le Créateur. Demain, la sœur aumônière procédera à une distribution de farine, de sucre et de lait. Que pouvons-nous donner de plus à ces misérables ?

Nos regards tournés à l'intérieur nous interdisent de dialoguer avec eux. Seules les femmes auront droit à notre générosité, avons-nous décidé, pas les hommes qui ont laissé sur notre portail l'empreinte sanglante de leurs poings haineux. La sœur aumônière versera farine et sucre dans les jupes relevées des mères. Une poignée par enfant. Les vieilles servies en dernier, les besoins s'amoindrissent avec l'âge et les arabesques bleues sur les mentons, symbole de sagesse et de détachement, leur apprennent la patience.

Une nuit entière à prier, les gestes ont ralenti après les dernières prières. Les mains croisées sous l'étole ont relâché leur étreinte. Les portes des cellules ont englouti des silhouettes qui rasent les murs. Allongés sur le matelas étroit, les corps décharnés par les privations se livrent avec bonheur au poids de l'époux invisible. Seul le sommeil arrive à diluer son image épinglée sur l'endroit du cœur.

Toute l'île dort, sauf la fille qui déambule à longueur de journée d'un point à l'autre de l'île et qui ne semble appartenir à aucune famille. Elle n'est pas voilée alors que les femmes de la smala le sont. Celles-ci la tiennent à distance de peur qu'elle ne s'empare de leurs hommes. On évite son regard lorsqu'on remplit sa soucoupe d'une louche de riz bouilli ou de pois chiches. Elles le font contraintes, leur religion impose la charité. Elle mange en retrait, dort chaque nuit dans un endroit différent abrité de la pluie et du vent. Hier, de la fenêtre de sa cellule, une novice a vu un homme rôder autour d'elle qui dormait assise sous le porche du monastère, ses cris l'ont fait fuir. Peut-être faudra-t-il l'abriter au monastère la nuit, seulement la nuit.

Yudah revit chaque nuit la ruée des membres de la smala sur les embarcations dans le port d'Alger et la panique qui a suivi. Entassés les uns sur les autres, ils suffoquaient. Les mères tenaient leurs enfants à bout de bras de peur qu'ils ne soient écrasés. Au bord de l'asphyxie et pour pouvoir respirer, Yudah pensait au désert, au vent qui déplace les dunes, même au khamsin tout destructeur qu'il soit.

Les supplications, les cris qui fusaient de toutes les bouches n'avaient pas d'impact sur elle. Protégée par ses visions, elle se sentait ailleurs. « Dans quel pays on nous emmène ? Quel est le nom de ce pays ? Quelqu'un nous attend là-bas ? Combien de jours et de semaines va durer le voyage ? Allons-nous débarquer un jour ? »

Une mère de trois enfants voulait revenir chez elle, à Mascara, alors qu'elle avait jeté du sel sur l'emplacement de sa tente pour que rien ne repousse après elle.

Yudah revoit son visage creusé jusqu'à l'os, ses enfants cachés sous sa jupe. Le bruit d'un tambour qui retentit au loin l'arrache à ces images. Il provient du fort occupé par ceux qui ont combattu aux côtés d'Abdelkader. Ils ont fait main basse sur ce bâtiment en dur et s'y sont installés avec les leurs. À l'abri des intempéries, ils peuvent observer le jeûne du ramadan toute la journée, festoyer toute la nuit. Dormir à l'aube quand les habitants des tentes se lèvent et vont à la recherche d'herbes comestibles pour nourrir leurs enfants. Les religieuses se plaignent de moutons volés dans leur enclos, de volailles qui manquent à leur poulailler, même de porc bien que la chair de cet animal soit interdite par le Coran. La rage au cœur, les habitants des tentes hument jusqu'à l'ivresse l'odeur du méchoui des occupants du fort. Hument et condamnent. Ni les jurons, ni les poings vengeurs n'empêchent le tambour de poursuivre sa litanie copiée sur le battement du cœur et qui reproduit le pas régulier du chameau dans le désert, si loin du désert.

Le bruit d'un tambour mal graissé peut déclencher une guerre, disait-on chez les Qurayzas, mais qui a entendu parler des Qurayzas parmi tous ces gens ? Savent-ils que les habitants du désert voient plus loin que la vie ? Que leur regard traverse l'horizon qui sépare les vivants des morts ? Que les chameliers assoiffés qui rêvent de puits et de pluie se noient dans le sable comme dans la mer ? Que le palmier à portée de la main n'est qu'un mirage et que ce qu'ils prennent pour un galop venu à leur rencontre n'est que le pas lent des esprits malins qui crient entre les dunes ? Des esprits femelles, précisent-ils, les seuls habilités à accompagner les égarés au moment de leur mort.

Mâle, femelle, deux mots appliqués à tout ce que les Qurayzas voient et ne voient pas. Pollen mâle, pollen femelle, dattier mâle, dattier femelle et les fruits suspendus aux branches ressemblent aux tétons des seins. Les nomades vont encore plus loin dans leurs croyances : l'arbre, disent-ils, prie debout alors que l'homme se prosterne. Les femmes voilent leur visage pour empêcher les mauvais esprits de pénétrer dans leur bouche. Le thé versé de haut imite la main d'Allah qui verse sa pluie sur le monde.

Coupée des siens, Yudah s'accroche aux superstitions de sa tribu.

Coupés du continent et sans nouvelles de leur caïd, les exilés de l'île Sainte-Marguerite s'accrochent aux rumeurs. Un homme qui frappe le sable et lit dans l'illisible voit Abdelkader arriver dans trois lunes à la tête d'une armée, ramener ses fidèles chez eux, loin du soleil frileux des Frangis, de leur mer qui tue et de cette île pauvre en eau potable. Pas le moindre oued ou ruisseau alors que chaque coup de pelle dans la terre de la Kabylie faisait surgir une source. Minés par la soif alors qu'ils sont entourés d'eau de toutes parts, ils évitent l'eau de mer, ne serait-ce que pour laver leurs habits. Elle est imprégnée de la sueur des noyés, disent-ils, et ils tournent le dos au large, sûrs que leur calvaire aura bientôt une fin.

Une vieille a vu en rêve Abdelkader arriver dans trois signes, trois jours, ou trois semaines pour les ramener chez eux. Il chevauchait les vagues et les vagues s'aplatissaient sur son passage. Il emmènera tout le monde, sauf la fille qui prétend être sa promise. Une fanoussa allumeuse qui fait bouillir le sang dans le ventre des hommes. Une chatte en chaleur qui sème sur son passage une odeur de foutre et de fente en feu. Elle les regarde sans les regarder, à travers ses cils, pour qu'ils ne captent pas ses pensées, l'oreille tendue à tout ce qui se dit et se chuchote sous les tentes, même derrière les murs du couvent. Sinon comment a-t-elle appris la mort d'une des épouses de l'Émir ?

« Morte de quoi ?

— Empoisonnée par les Français », est la réponse qui n'admet pas de contradiction. « Leur poison dans l'air que nous respirons, dans les herbes glanées par nos femmes. Tous les fidèles d'Abdelkader seront exterminés. Leur armée fera main basse sur tout le pays avec ses montagnes, ses vallées, vignes, figuiers. Leur armée, pire que des sauterelles, dévore le sec et le tendre. Plus d'Algérie sur la carte du monde. Baptisée d'un autre nom comme ils le font de leurs nouveau-nés. »

L'affliction sur la morte cède vite la place aux suggestions :

« J'épouserais une Kabyle si j'étais lui », « ou une riche Algéroise », « pourquoi pas la juive devenue folle à force de l'attendre ? », ose un provocateur. Les cris de protestation serrent le cœur de Yudah jusqu'à l'étouffer. Sans cesse rejetée, jamais acceptée.

Pour la première fois, elle en veut au vieillard de l'avoir arrachée aux siens. Rabbin Haïm a induit la tribu Qurayza en erreur. Le saint homme a menti.

Pluies et orages des derniers jours se sont effacés devant le vent violent. Un vent furieux. Personne ici ne connaît son nom. Les mères poussent leurs enfants à l'intérieur des tentes. Les cailloux dans les poches empêchent les petits de s'envoler. On a vu des marmites traverser la pinède et atterrir dans la mer. Tramontane ou mistral, il durera trois jours ou trois semaines, il est chez lui en Méditerranée. Aveugle et obstiné, il ne fait pas la différence entre un homme et un arbre, emporte sans distinction : toitures, branches mortes, volaille. Le vent des Français est un tueur. Seul le tambour des habitants du fort lui tient tête, son martèlement s'arrêtera avec l'annonce de l'Aïd, à la nouvelle lune, invisible tant que les nuages couvrent le ciel. On s'énerve sous les bâches, les hommes enfermés crient sur leurs femmes, les battent. Les enfants pleurent. Mêmes sanglots et mêmes toux. Pneumonie, tuberculose, bronchite, dysenterie, seule la peste les épargne pour le moment. Pas de médecin dans l'île. Les religieuses font appel au docteur de Nice en même temps qu'au curé. Le stéthoscope précède de peu l'extrême-onction. Un père et une mère ont porté, ce matin, leur bébé mort en terre. Les frères et les sœurs suivaient. Personne ne pleurait. Seul le vent se lamentait dans la pinède, c'est du moins l'impression qu'il donnait. Une petite pierre blanche dans le sol témoignera de sa courte vie. Le barbier qui fait le tour de l'île, prêt à raser pour une assiette de chorba, propose la toilette mortuaire à moitié prix si le moribond s'y prend avant son décès. La mort ne fait peur qu'à l'obscurité, dit un dicton arabe. On raconte que des malins ont fui l'île après s'être emparés de la barque d'un pêcheur. Les nouvelles arrivent par ricochet. L'un d'eux est devenu riche, il possède un âne et vend du lait. Tellement riche qu'il a payé en pièces sonnantes la traversée de sa vieille mère malade pour la faire opérer chez un vrai docteur, pas un rebouteux. Des racontars de nuit qu'efface le jour. Une voix jeune chante les poèmes d'Abdelkader dès que s'éteignent les lumières. Voix cristalline sortie peut-être d'une fissure du roc.

Demande à la nuit combien de fois j'ai déchiré son voile
Demande au désert, aux collines, aux plaines combien de fois je les ai parcourus.

La voix nostalgique tire des larmes aux yeux, même les enfants en sont bouleversés. De quelle gorge sort ce chant ? se demande Yudah, curieuse de mettre un visage sur la voix enfantine. Elle le saura trois nuits plus tard, lorsque empruntant un sentier elle se trouve devant la plus basse et la plus misérable des tentes. La voix qui chante appartient à une vieille qui ne fait pas la différence entre la lumière et l'obscurité. Elle dort le jour et chante la nuit depuis qu'elle a perdu la vue.

Le mistral et la maladie continuent leur travail de sape. Pas un jour ne passe sans qu'un convoi ne se dirige vers la pinède où les pelles s'activent. Chaque enfant inhumé a droit à une pierre blanche. Confiés à la terre avec les gestes du boulanger qui enfourne la pâte, les enfants morts sont le pain quotidien des exilés.

Moins de vagissements dans la nuit, moins de cris dans la pinède. Ils jouent en silence lorsqu'ils s'aventurent à l'extérieur, « bouche affamée a du mal à crier », dit un dicton.

Il arrive à Yudah de partager les jeux des filles ; ses quatorze années d'âge l'y autorisent. De courts moments de bonheur, celles-ci lui tournent le dos, rentrent chez elles au premier appel des mères.

Abritée sous le porche du monastère, l'oreille contre le battant de la porte, elle a l'impression de participer à la vie des religieuses, de partager leurs repas. Même bruit leurs chuchotements et le sable au passage des caravanes dans le désert. Même bruit leurs voiles amidonnés et un vol d'hirondelles, même bruit un air de danse et les chaises déplacées à la fin des repas. Yudah se demande si les sœurs ont des seins, si la pointe pressée entre deux doigts trace un chemin de plaisir jusqu'au ventre, si elles écartent leurs cuisses pour recevoir le divin fiancé. À la fois amant et époux visible à travers les volutes de l'encens, avec un visage différent pour chacune d'elles. À l'écart du monde, ne pensant qu'à lui, Dieu les protège de toutes les tentations. Elles n'ont aucun mérite d'être ce qu'elles sont, pense Yudah qui envie l'odeur de leur pain, leur nourriture frugale et surtout leur silence, le même que celui du désert.

Réveillée à l'aube par la cloche des matines, elle chante avec elles, sans savoir le sens de ce qu'elle chante, l'air appris à force d'être entendu. L'odeur du café la fait tituber. Les sœurs lisent-elles l'avenir dans le marc comme le faisait sa grand-mère ? « Un homme t'aime, il va bientôt t'épouser », devenant « Dieu t'aime, il te garde une place au ciel à côté de lui ».

Yudah deviendrait volontiers religieuse si le rabbin Haïm ne l'avait promise à l'Émir. Chanter et chuchoter demandent moins d'efforts qu'enfanter et torcher des enfants. Les années succédant aux années, elle deviendrait abbesse et donnerait sa main à baiser aux autres religieuses et lirait tous les livres de leur bibliothèque. Des livres au nombre des étoiles du ciel, visibles à travers une fenêtre du rez-de-chaussée. Le vent qui fouette l'île s'arrête à leur vue. Jamais vent n'est entré entre les pages. Le vent connaît ses limites. Tout analphabète qu'il est, il sait respecter les livres.

Regarder leurs livres à travers une vitre, humer les relents de leur café à travers le battant de la porte ne remplit pas une vie, se dit-elle quand la nuit tombe comme un rideau et qu'elle éprouve avec douleur le sentiment de son inutilité. Des journées à tourner en rond, des chemins sans issue, tous aboutissent à la mer, infranchissable. Elle étouffe lorsqu'elle pense qu'elle ne pourra être dans un autre endroit que celui où elle est. Il lui faudra casser l'île, l'émietter, la noyer pour pouvoir partir. L'île n'est pas son amie, la nuit n'en finit pas d'être nuit et le jour n'est jour que derrière cette porte où elle s'adosse.

L'homme d'hier tourne de nouveau autour d'elle, la harcèle dans l'obscurité. Ce qu'il lui demande est à la portée de n'importe quelle femelle, susurre-t-il : écarter les cuisses le temps qu'il se soulage, son bâton est douloureux, son bâton est prêt à exploser. Il promet de ne pas la maltraiter ni de la violenter. Il fera vite et la paiera si elle insiste, mais plus tard, quand il retrouvera son pays et son travail. Il est veuf et forgeron. Il lui offre même l'hospitalité sous sa tente, un bout de sa corde pour étendre son linge, la robe et les trois casseroles de sa défunte. Têtue comme le khamsin, Yudah décline l'offre. Elle n'est pas à louer. Fiancée de l'Émir Abdelkader, elle est vouée à un grand destin, la tache bleue à ras de ses fesses en fait foi. Preuve à l'appui. Elle relève sa robe et la lui montre. Elle ne cherche ni à l'impressionner, ni à l'exciter, mais à le convaincre.

Les hurlements de Yudah réveillent les religieuses et ameutent les insomniaques. Tous cherchent le violeur qui a disparu dans la nature. Son plaisir pris à la sauvette, il se donne bonne conscience, la fille l'a provoqué. Elle n'avait pas à lui montrer ses fesses. Comment résister à un corps jeune et bien portant ? Il faut être un saint pour ne pas profiter de l'occasion. Une vieille qui sort les enfants du ventre des mères déclare, après un rapide examen, que faute d'introduire son seau dans le puits, le violeur s'est soulagé sur la margelle. La fleur de la fille est indemne.

Tant de tact suscite l'admiration de l'abbesse. Elle félicite la sage-femme pour le choix judicieux de ses mots, conçus pour ne pas heurter les chastes oreilles de ses religieuses. Voyant tous les regards braqués sur elle, elle annonce d'un ton solennel que le couvent accueillera désormais la fille juive pour la nuit, même si ses ancêtres ont crucifié le fils de Dieu. « Notre devoir de bons chrétiens l'exige. »

Revirement inattendu ! Le monastère entrouvre sa porte, l'ouvrira complètement avec le temps. Ils retournent à leur tente avec l'impression qu'il y a une possibilité d'entente avec les religieuses, qu'il y a un dieu pour les exilés. C'est lui qui a choisi le lieu de leur exil. Lui qui mettra fin à leur calvaire.

Le portail refermé derrière elle et marchant à petits pas derrière l'abbesse, Yudah avance sur la pointe des pieds de crainte de rayer le sol brillant comme un miroir. Elle n'a jamais vu des murs aussi blancs, aussi hauts. Le Crucifié en face la regarde de travers. Il doit savoir qu'elle connaît le rabbin Haïm qui continue à attendre la venue d'un autre Messie. Elle baisse les yeux pour ne pas voir son corps nu, nu malgré le froid. Nu et douloureux mais nullement impudique, pense-t-elle, et elle le plaint de garder sans se plaindre la même position inconfortable.

La voix de l'abbesse à travers les ailes rigides de son voile la fait sursauter :

« Mes religieuses et moi saurons trouver un moyen pour sauver ton âme et ferons le nécessaire pour te guérir de tes perversités. La prière et le savoir, seules armes contre le diable : la sœur aumônière t'apprendra à prier, une novice, sœur Cécile de l'Immaculée Conception, t'apprendra à lire et à écrire. Vous avez le même âge. Tu t'appelles Judith à partir d'aujourd'hui. »

Mordant à pleines dents dans le quignon de pain déposé sur le seuil de sa cellule, Yudah-Judith se sent privilégiée comparée aux habitants de la pinède livrés aux intempéries.

Sœur Cécile arrive avec un gros livre, rouge dehors, noir et blanc dedans. Les lettres aussi petites que des fourmis se suivent en ordre. Aucune n'enjambe l'autre. Toutes s'arrêtent en bas de la page. Sœur Cécile de l'Immaculée Conception suit les mots du doigt, de gauche à droite alors que Yudah préférerait que ce doigt aille de droite à gauche comme dans la Bible de son grand-père, le seul à savoir lire, hormis le voyant qui lisait dans le sable une écriture qu'il était seul à déchiffrer et que le moindre vent effaçait. Accroupis autour d'un feu, grands et petits écoutaient le vieil Ishack déclamer de sa voix morne l'exode des juifs d'Égypte et Moïse ouvrant la mer Rouge avec sa canne. Les mots qui sortaient de sa bouche s'envolaient au-dessus des tentes, vers l'échelle de Jacob et les étoiles. Chacun avait la sienne retrouvée nuit après nuit. Celle qui clignotait annonçait la fin prochaine de son propriétaire. Les préparatifs allaient bon train même si la personne en question ne souffrait de rien. Des mains cousaient un linceul, des mains lavaient le corps, sûres qu'il allait bientôt trépasser. Les étoiles ne mentent pas, elles n'ont aucun intérêt à mentir.

« Retrouvailles le jour du jugement dernier ! », lui criait-on avant de le confier à un trou au pied d'une dune. Réunion le soir autour de la veuve qui clamait que son homme était tous les mâles à la fois, qu'on entendrait parler de ses exploits au Paradis, une fois remis de sa fatigue. Épuisant le passage entre vie et trépas, il faut du temps pour s'en remettre, précisait-elle, et personne ne la contredisait.

Ses souvenirs ont propulsé Yudah sur un autre continent. Voyant sa tête dodeliner de sommeil, la jeune novice referme le livre et lui donne rendez-vous pour le lendemain.

« Que les anges veillent sur ton sommeil, Judith », dit-elle, et elle se volatilise dans un bruit d'ailes.

La porte refermée, Yudah-Judith a l'impression d'être un arbre qui vient de retrouver son ombre.

Le bol de soupe et le morceau de fromage glissés par la porte entrouverte, un repas de roi. Yudah qui mâche et remâche pour faire durer le plaisir est parcourue de frissons de bien-être.

Le matin éclaire d'une lumière crue les tentes éparpillées dans la pinède. Les réfugiés ont planté leurs bâches au plus mauvais endroit de l'île, là où il pleut le plus, face à la mer, où les bourrasques s'engouffrent avec violence.

« Le vent applaudit notre courage d'avoir suivi l'Émir dans son exil », dit un croyant. « Le vent pleure les morts que nous n'avons pas la force de pleurer », dit un autre.

Sœur Cécile a une bonne nouvelle pour Judith. Les religieuses la garderont au monastère à condition qu'elle soit baptisée.

« Baptisée, c'est quoi ?

— Plonger la tête dans l'eau bénite pour purifier l'être du péché originel. »

Or Yudah a le souvenir de l'avoir déjà été, mais avec du sable et un autre mot : bat-mitsvah. La sécheresse frappait tout le Sahel. Pas la moindre pluie depuis des mois, puits tari, chameaux haletants incapables de se redresser sur leurs pattes. Les Qurayzas attendaient la fraîcheur de la nuit pour aller à la recherche d'un autre campement. L'enfant malade et qui risquait de mourir en chemin devait être baptisée avant le départ. La Bible dans une main et une poignée de sable dans l'autre, son grand-père fit couler les grains sur son front, accompagnés d'une prière. La prière terminée, et le grand-père ayant plié son talith, Yudah avait pleuré.

Étaient-ce ses larmes qui avaient déclenché la pluie ? Les tentes ployaient sous le poids de l'averse. Quelqu'un là-haut versait des seaux d'eau sur les Qurayzas et leur bétail. Les chameaux s'étaient levés d'un coup et blatéraient jusqu'au ciel. Le vacarme sorti des gorges animales était leur manière d'accueillir un juif de plus au monde.

Échaudée par l'agression de la veille, et ayant goûté à la douceur de dormir entre des murs, Yudah accepte de se faire rebaptiser. Pour rien au monde elle ne voudrait se retrouver parmi ses compatriotes qui n'ont pas cessé de la rejeter ou de l'agresser.

Sage décision, approuvée avec chaleur par sœur Cécile qui lui sourit de toutes ses fossettes.

La leçon peut commencer maintenant qu'elles sont d'accord sur l'essentiel.

A comme Amen, dit sœur Cécile.
A comme Abdelkader, dit Judith.
B comme bénédiction, dit sœur Cécile.
B comme bar-mitsvah, rétorque Judith.
C comme Christ, ou comme Kabbale, rectifie Judith, mais la novice qui ne semble pas d'accord enchaîne sur une autre lettre.
D comme divin.
D comme darbouka ou Daoud, ose Judith.
T comme tabernacle, propose sœur Cécile.
Comme tabla et talith, suggère Judith.
C'est quoi, le talith ? s'informe sœur Cécile.
Le châle de prière, explique Judith.
Donc une étole, confirme sœur Cécile.
H comme hostie, reprend sœur Cécile.
Ou comme Haïm, propose Judith.
R comme rédemption, ou rabbin, s'énerve Judith.

Chacune a son vocabulaire. La novice et la fille juive née dans le désert ont des mots différents pour nommer la même chose. Seul « Sahara » les met d'accord. Elles le clament d'une même voix, contentes de trouver un terrain d'entente.

Conscientes d'avoir bien travaillé, elles peuvent se permettre une pause, regarder les réfugiés s'activer dans la pinède. Les hommes se raréfient. Ils partent avec la promesse de revenir reprendre femme et enfants plus tard alors qu'ils fuient le recensement exigé par les autorités françaises : nom, âge, profession, lieu de naissance, celui qui s'est battu contre les troupes du général Bugeaud irait en prison. Stratégie de dénonciations plutôt qu'inventaire. Mieux vaut partir avant d'être localisé. Les pessimistes parlent de marché d'esclaves et de négriers qui vendront au prix fort les hommes jeunes et robustes. D'autres redoutent d'être enrôlés dans l'armée française et de devoir se battre contre leurs propres compatriotes, tuer des Algériens pour obéir à un supérieur. La pinède se vide de jour en jour. Une épidémie de typhoïde tue sans discernement grands et petits. Maigres et vêtus de guenilles, les enfants non contaminés jouent en silence. Un garçonnet de trois ans traîne un coq avec une ficelle comme si c'était un chien. À califourchon sur la branche d'un marronnier, un autre croque les bogues, un troisième mange les feuilles. Les bouches noires et les griffures sur les visages ne sont pas dues à une maladie mais aux mûres cueillies à travers les barbelés. Les fumées âcres qui s'échappent des marmites ne cachent pas leur contenu : les os des moutons mangés par les nantis du fort. Même vues de loin, les femmes portent la détresse sur leur visage. Les veuves balaient le sol devant leur tente avec des gestes lents et lourds alors que les autres font danser la poussière. Judith rapporte à sœur Cécile les propos tenus par une veuve, il y a trois jours. Les bras tendus vers le ciel, elle demandait à Dieu de priver le défunt des quarante houris promises par le Prophète. « Bouc en chaleur, et toute fente bonne à pénétrer. Femme ou chèvre, il ne faisait pas la différence. Un soubresaut, un hennissement et tout était dit, qu'Allah l'accueille dans son Paradis. Il va pouvoir paître avec les boucs de son espèce, ne lui manquent que les cornes qu'il a certainement à l'intérieur du crâne. »

Judith apporte la vie à la novice en marge de la vie depuis son arrivée au monastère. Ses compatriotes sont-ils devenus fous ? Ayant répudié sans raison sa femme enceinte, l'un d'eux s'est réfugié dans un arbre après la mort de celle-ci en couches. Il n'en descendrait que si la morte l'attendait au pied de l'arbre, et si elle lui ouvrait sa fente. Son « likah » à force de privations va lui monter à la tête et le fissurer.

« Likah, c'est quoi ?

— Le jus de l'homme, son foutre. »

Le sang aux joues, sœur Cécile de l'Immaculée Conception se bouche les oreilles. Les mots crus de Judith lui donnent le vertige. Elle cache son embarras en invoquant le pardon nécessaire pour que les hommes évoqués soient lavés de leurs péchés.

« Je prierai pour eux. On doit prier pour ceux qui font le mal. Il faut savoir pardonner. Moi j'ai pardonné. »

Conscientes d'avoir franchi la frontière entre ce qui se dit et ce qui ne se dit pas, elles évitent de se regarder. Dehors, un brouillard épais voile les tentes. On pourrait croire les exilés repartis chez eux sans la toux qui strie l'air de l'île. Un silence inhabituel. Pas un seul gazouillement dans les arbres. Les oiseaux qui ont échappé aux lance-pierres des réfugiés ont migré vers d'autres pays.

La novice sursaute aux trois coups de cloche des vêpres. L'étrangère l'a transportée dans un monde auquel elle a tourné le dos.

« Tu as pardonné à qui ? ose Judith alors que la novice s'apprête à franchir le seuil.

— À mon fiancé. Il m'a quittée le jour de notre mariage. Sa mère exigeait une dot.

— C'est quoi, une dot ?

— De l'argent que le père de la mariée remet au futur époux.

— Chez nous, c'est l'époux qui paie le père de la mariée. »

La porte refermée empêche sœur Cécile d'entendre le rire de la jeune juive. Un rire douloureux.

Sœur Cécile s'est dénoncée et s'est flagellée au vu de toutes les religieuses. Dévoiler à l'étrangère l'existence d'un fiancé alors qu'elle est mariée au Christ est un péché véniel. Sa vie avant le couvent ne compte pas, née le jour de son arrivée au monastère. La sœur aumônière la remplacera désormais auprès de l'étrangère. Inutile d'apprendre à lire et à écrire à des yeux qui fonctionnent seulement de droite à gauche, mieux vaut occuper les mains. Meilleure école : le ménage et la cuisine. Des murs noirs de fumée, des marmites profondes comme des cuves baptismales où bouillent des légumes insipides nourris d'eau de mer. La nourriture réduite à l'essentiel, exclu le plaisir de manger, on mange pour rester en vie et célébrer le Seigneur. Une journée entière à frotter les murs, le sol, les marmites. Les cheveux de Judith sont noirs de suie. Ses bras sont épuisés. Le visage serré entre ses mains, elle pleure pour la première fois depuis qu'elle a quitté le désert. C'est elle qu'on aurait dû flageller. Elle, la vraie coupable, elle n'aurait pas dû lui rapporter les propos de la veuve, ni ceux de l'halluciné réfugié dans l'arbre. Leur crudité a blessé les oreilles de la novice.

Sensation d'étouffement à la vue des guimpes qui enserrent les visages des religieuses, des manches longues qui dissimulent les mains, des voiles qui cachent les têtes rasées et qui battent des ailes au moindre mouvement comme les mouettes alignées sur une corniche.

Interdite à la chapelle, Judith se réfugie dans le potager quand sonnent les vêpres. Les voix aiguës qui s'échappent des fenêtres transpercent ses oreilles. Voix nourries d'herbe, poules et brebis élevées pour leurs œufs et leur lait. Tuer des créatures de Dieu est un péché. Un péché, la présence d'un homme dans l'enceinte du monastère.

Pourtant la silhouette accroupie au pied d'un plant de tomates est celle d'un homme, plutôt celle d'un adolescent. Un corps frêle, des cils de fille longs et soyeux, des joues imberbes. Il sursaute à la vue de Yudah. Confié au monastère peu après sa naissance, il n'a jamais vu une fille avec des cheveux. Plus courageux, il fuirait. Mais il semble tétanisé. La chevelure qui cache le visage s'agite comme un éventail, lui donne le vertige, l'étourdit.

« Mon nom est Yudah mais les sœurs m'appellent Judith. Je suis l'amie de sœur Cécile.

— Mon nom, c'est Dieudonné, frère Dieudonné, et je suis l'ami des lézards. Ils sortent de leurs trous dès que je les appelle et s'alignent comme pour un garde-à-vous.

— C'est quoi, un garde-à-vous ?

— Une façon de parler. Une patte derrière l'oreille, une patte par terre pour l'équilibre. C'est des bêtes sentimentales et fragiles. Désespérées aussi, la mer infranchissable à pied, ils sont condamnés à vivre dans l'île. »

Sans la mer, enchaîne-t-il, les lézards seraient mieux que des lézards, et lui serait quelqu'un d'important. L'île, une prison. Elle limite les déplacements et les ambitions. Que devenir autre que jardinier ou apiculteur ?

« Pourquoi pas pêcheur ? suggère Yudah.

— Un péché de manger plus petit que soi.

— Personne ne t'oblige à les manger. Tu jettes ton filet et tu attends, qui sait si tu n'accroches pas une baleine qui aurait avalé un trésor. C'est dans la Bible. Je n'invente rien. Ton trésor dans la poche tu achètes une barque, et tu te retrouves sur une autre terre, après la mer il y a toujours une terre suivie de beaucoup d'autres terres. »

L'a-t-elle convaincu ? Il semble plus rassuré.

Frère Dieudonné qui hume l'air annonce qu'il neigera avant la nuit. Demain, il paillera les plants de tomates et dira au père Raphaël qu'il a vu une fille avec beaucoup de cheveux.

« Le père Raphaël, c'est qui ?

— Le confesseur des religieuses. Le seul homme ici avant l'arrivée des barbares. Moi je ne compte pas. Le père Raphaël est aussi vieux que l'île. Que Sainte-Marguerite et Saint-Honorat réunies. »

Une neige opaque a effacé le sol pendant la nuit, les tentes ressemblent à des cartes à jouer rassemblées par des mains habiles. Le froid n'empêche pas Judith de se diriger vers le potager. Parler, échanger, discuter lui donne l'impression d'exister.

Protéger les plants contre le gel occupe toutes les pensées du moinillon. Il ne répond pas aux questions de Judith qui aimerait savoir s'il a une maison, une famille, une amie, une femme…

« J'ai une fiancée. Thérèse de l'Enfant-Jésus, lâche-t-il exaspéré.

— Pourquoi tu ne l'épouses pas ? Elle a une dot ? Et où elle habite ?

— … au ciel. »

Réponse succincte. Dieudonné décide de ne plus ouvrir la bouche. Le vieux moine, auquel il s'est ouvert hier, l'a mis en garde contre les femmes, capables de vous traîner en enfer avec leur voix mielleuse. Dieudonné n'a pas fermé l'œil de la nuit. La voix de l'étrangère se faufilait partout dans son corps, le brûlait de l'intérieur, se concentrait sur son entrejambe qu'il n'osait regarder. Il oscillait entre désir et honte. Aime-t-il la fille en cheveux autant que la petite Thérèse de l'Enfant-Jésus ? Cette idée le torturait et faisait battre son cœur comme un tambour.

Le voyant bouche cousue, elle décide de parler pour deux. Libre à lui d'écouter ou de faire la sourde oreille. Elle lui conseille d'aimer quelqu'un à portée de sa main et de garder celle qui est au ciel pour plus tard, après une longue vie *inch'Allah*.

Elle veut lui éviter le piège dans lequel elle est tombée : un fiancé qu'elle n'a jamais rencontré, qui ne l'épousera peut-être jamais ou mourra avant de l'épouser. Veuve avant d'être mariée à cet homme qui est maintenant en prison avec ses femmes et ses enfants.

« Ton fiancé est un voleur ?

— Un chef de guerre, un caïd.

— Donc un tueur. Un pécheur aussi, excommunié par l'Église puisqu'il a plusieurs femmes.

— Trois seulement, la quatrième morte dernièrement. Elle m'a cédé sa place, qu'Allah la reçoive dans son paradis. »

Convaincu qu'il sera foudroyé s'il regarde son visage, Dieudonné se concentre sur ses pieds pâles de froid dans les babouches inappropriées pour la saison. Il se déchausse en un tournemain et lui tend l'une après l'autre ses grosses bottes.

Voyant qu'elle hésite, il l'encourage à les enfiler. Lui va récupérer celles du moine Raphaël qui n'en a plus pour longtemps. Son cœur ne résistera pas à la neige. Le cœur des vieux, plus fragile qu'un plant de tomates. Mourra de chagrin à la vue de l'île envahie par tous ces sauvages qui appellent leur dieu à coups de tambour depuis le début du jeûne. Plus que des sauvages, des prédateurs qui ne respectent rien, quatre d'entre eux se sont emparés d'un bateau marchand qui accostait pour aller hurler leurs revendications auprès des moines de l'île Saint-Honorat. L'un d'eux a craché à la figure du supérieur qui a déclaré qu'il faut purger l'île de tout ce qui n'est pas chrétien.

« Vous n'irez pas au Paradis ! lui a hurlé un allumé.

— Le diable est votre dieu, vous êtes des païens », a rétorqué le père supérieur.

Conclusion : « Ce n'est pas à ces gens qu'on donnerait le bon Dieu sans confession.

— Donner le bon Dieu ? s'enquit-elle.

— En hostie qui fond sur la langue et tu as le bon Dieu en toi.

— Pour toute la vie ?

— Pour la journée. Quitte à recommencer le lendemain.

— Quel goût a l'hostie ?

— Aucun.

— Dieu n'a donc aucun goût », conclut-elle, et une grande tristesse voile son visage.

Frère Dieudonné mieux que n'importe quelle école. Judith apprend beaucoup en l'écoutant. Visage levé vers la voûte céleste, il lui explique que les étoiles sont des fruits, le ciel est leur verger. Il y a des vertes et des mûres, il suffit de se hisser sur la pointe des pieds pour en ramasser plus d'une centaine dans son panier.

Libérée de toute surveillance depuis que sœur Cécile l'évite, elle le rejoint la nuit lorsqu'il arrose son potager ; les plantes boivent mieux, dit-il, quand la lune les étire vers le haut. Toujours la nuit et jamais le jour à cause d'une mouette qui le pourchasse, elle plonge droit sur sa tonsure et n'arrête de le piquer qu'à la vue du sang giclant de son crâne.

Assis dos au mur du cimetière, il lui donne à goûter un fruit cueilli dans la serre, parfois un légume. Légumes et fruits ont le même goût pour elle, seule la couleur change.

Les pieds de l'étrangère dans les bottes de Dieudonné ne passent pas inaperçus. Judith fait beaucoup de bruit en marchant. Les a-t-elle volées au moinillon ou les lui a-t-il données de son plein gré ? Impossible qu'il les ait cédées sans contrepartie, pauvre comme elle est et n'ayant qu'une robe sur son dos, elle l'a payé à sa manière, disent les mauvaises langues. Conclusion : frère Dieudonné a commis le péché de chair.

Traîné dans le bureau de l'abbesse, il jure sur l'Évangile avant d'être interrogé par dix religieuses à la fois. Une oreille contre le sol de sa cellule, Yudah capte ses dénégations puis ses sanglots lorsqu'on le traite de pervers et de menteur. Est-ce pour mettre fin à son calvaire qu'il avoue avoir regardé les pieds nus de la fille et senti l'odeur de ses cheveux ?

Frère Dieudonné sera renvoyé de l'île, loin de son potager. Il ira dans un couvent en Savoie connu pour ses règles strictes. Deux hurlements accueillent le verdict qui tombe de la bouche de l'abbesse. Le cri de Judith plus déchirant que le cri du moinillon.

Un interrogatoire qui a duré toute une après-midi. La neige qui n'a pas cessé de tomber a-t-elle l'intention d'effacer l'île, le monastère et l'écho des deux cris ?

Enfermée à clé dans sa cellule, Judith ne sait plus qui elle est, ni fille ni garçon depuis qu'on lui a rasé la tête et bandé la poitrine. Elle s'accroche à des images venues de loin pour ne pas sombrer : sa mère embrassant la main de son mari pour le remercier d'être en vie, la voix de sa mère lui criant de couvrir les chameaux pour les protéger du khamsin, le rire de son père à la vue d'une chèvre broutant un drap qui sèche au soleil, sa colère lorsqu'un jeune mouton a voulu saillir une vieille brebis qui le chassait à coups de pied. Dernière image : son grand-père lançant les fumées d'encens sur le désert pour que le dieu du désert protège la tribu contre les razzias.

Le froid devenu insupportable et n'ayant rien mangé depuis trois jours, elle perd la notion du réel et parle pour s'assurer qu'elle est encore en vie. Parle à sa mère, à son père.

« Les morts, des gens oublieux, vous ne devez plus être de ce monde pour n'avoir pas cherché à me retrouver. Vous tous morts, et moi je lave le sol sous les pieds de religieuses sans cœur. Pas un seul ami dans la smala, ni au monastère. Savez-vous que les religieuses m'ont donné un nouveau nom : Judith ? Yudah est morte alors que je croyais la mort réservée aux poules, aux moutons et aux vieillards. »

Réveillée par une main impatiente qui frappe à sa porte, Judith suit la sœur aumônière à la chapelle pour constater les méfaits causés par sa perversité. Elle la suit malgré sa conviction qu'il ne faut pas faire confiance à quelqu'un qui marche sur son ombre. Le vent qui s'engouffre par le portail ouvert de la chapelle fait tournoyer une silhouette suspendue au plafond. Elle oscille au-dessus de la nef, marron de face, marron de dos, grince comme une lampe tempête accrochée à une enseigne. Elle reconnaît frère Dieudonné à sa tonsure, à son air modeste, paupières baissées, à ses pieds devenus étrangement bleus, qu'elle réchaufferait volontiers entre ses mains si ses jambes la portaient. Tombée sur le sol froid, elle regarde avant de perdre connaissance les pieds nus par sa faute. Son ami serait encore en vie si elle ne l'avait pas privé de ses bottes. L'eau jetée sur son visage ne sert pas à la baptiser. La fille du diable n'a pas sa place parmi les chrétiens, ni parmi les musulmans. Rejetée, exclue, elle n'a qu'à disparaître. Son absence ne sera ressentie par personne. Elle ne laissera aucun vide.

Trois jours que l'homme se tient face au portail du monastère, le visage levé vers la même fenêtre. Trois jours qu'il crie la même phrase : « Rendez-moi ma fiancée ! Je veux ramener Cécile à la maison. »

« Il n'y a pas de Cécile entre nos murs. La sœur Cécile de l'Immaculée Conception qui a voué sa vie à Dieu n'a pas de fiancé », est la réponse, toujours la même, lancée par l'abbesse dans l'air glacial de l'île.

Enfermée à clé dans sa cellule depuis le suicide du moinillon, Yudah, qui regarde l'homme à travers les barreaux, imagine sa douleur et son cœur se serre jusqu'à l'étouffer. La fenêtre de sœur Cécile donne-t-elle sur le parvis où il se tient ? A-t-elle entendu ses appels ? A-t-elle reconnu son fiancé dans l'homme poussiéreux, le fou qui supplie depuis trois jours ?

Trois jours et trois nuits qu'il fait la même revendication, debout sur une plaque de gel alors qu'il pourrait s'abriter sous le porche, ou demander à manger à un habitant des tentes ; l'islam condamne celui qui ne partage pas son pain avec plus affamé que soi. Conscient de parler dans le vide, et cherchant à apitoyer sur son sort, il raconte son périple depuis Albi. Sa bourse arrachée par des voleurs à la sortie de Mazamet, la dure traversée de la Montagne Noire bloquée par la neige en cette saison, son cheval crevé avant Béziers. Arrivé à Cannes, aucun passeur ne voulait le conduire dans l'île, qualifiée de repaire de brigands depuis le rapt des embarcations par les réfugiés chassés d'Algérie.

Comment est-il arrivé là alors que personne n'a vu la moindre barque accoster sur l'île ? Impossible qu'il l'ait atteinte à la nage, encore plus impossible qu'il ait marché sur l'eau. L'épuisement et l'obscurité soudaine le jettent sur le sol froid, face aux fenêtres qui s'illuminent l'une après l'autre, il les interpelle étage par étage. Derrière quels barreaux se terre sa fiancée ? Les lueurs des bougies dessinent sur les murs des formes inidentifiables qui se prolongent jusqu'à ses pieds. Incroyable qu'une flamme si minuscule puisse s'étirer si loin. Le feu comme la voix a un écho, se dit-il, et il s'emmitoufle dans sa pèlerine, prêt à passer une nuit de plus dehors. Une main ferme un loquet, une main en ouvre un autre, s'attarde derrière une vitre. Il s'y accroche et la supplie de lui faire signe, de lui confirmer que Cécile est au courant de sa présence, de lui dire que rien ne s'oppose désormais à leur mariage, sa mère est mourante. Un espoir de courte durée, la flamme qui cherchait son visage dans le noir vient d'être happée par les murs. Appeler de nouveau ne servirait à rien. Sa voix baisse à mesure que la nuit s'épaissit comme si elle était reliée à la lumière. Il recommencera demain quand l'aube lui rendra sa voix. Il ne rentrera pas chez lui sans sa fiancée. Cécile n'a pas prononcé ses vœux définitifs.

« Rendez-moi ma femme ! », leur criera-t-il demain.

L'homme recroquevillé sur le sol gelé donne mauvaise conscience aux religieuses. On le secoue, on l'invite à se redresser alors qu'il est terrassé par la fièvre. Qu'il parte ! L'abbesse qu'il a harcelée par ses revendications tient pourtant à le dédommager. Sa fiancée appartenant désormais au Seigneur, elle lui en offre une autre. Dieu a façonné le corps des femmes avec la même argile et le même souffle, un visage en vaut un autre, il suffit de s'y habituer, lui dit-on, et on pousse Yudah dans sa direction.

La fille qu'on lui propose n'a rien d'une fille : un corps filiforme, une poitrine plate, une tête rasée. Garçon plutôt que fille, mais il ne veut que Cécile.

« Épouse-la ou fais-en ta servante. Ta mère étant morte, elle s'occupera de ton foyer. Un passeur payé par le monastère va te conduire sur la terre ferme. »

Moins malade, il aurait protesté. La fièvre

sans nom qui fait des ravages parmi les exilés a fini par le toucher et lui enlever toutes ses forces. Peu importe que la personne qu'on lui propose soit une fille ou un garçon, il s'appuiera sur elle pour faire les quelques pas qui le séparent de la barque mise à sa disposition.

Dans la terre, il y a une autre terre qui tourne dans le sens contraire, se dit Yudah pour expliquer le changement brutal de sa situation. Prisonnière la veille, la voilà libre suivant un homme qu'elle voit pour la première fois de sa vie. Elle ne connaît pas son nom, inutile de le lui demander, peut-être ne le sait-il plus, ne sait pas non plus d'où il vient et dans quelle ville il habite. La fièvre l'a tassé dans le fond de la barque qui tangue, près de les verser par-dessus bord. Moins malade, il aurait résisté à l'abbesse et continué à réclamer sa fiancée, moins comateux, il aurait refusé que la fille-garçon le suive.

Habituée à obéir, Yudah partage son sort mais ferme les yeux pour ne pas voir la masse d'eau opaque qui l'entoure. Pour se rassurer elle s'accroche à des croyances qu'elle prenait jadis pour des superstitions. Le désert, d'après les Qurayzas, était à l'origine une mer qui s'est ensablée avec le temps, ce qu'on prend pour le khamsin n'est que le bruit d'anciennes vagues, et pour sauterelles d'anciens poissons. La barque qui tangue a le mouvement du chameau. Il connaît le chemin qui mène à son campement. Il va la ramener dans sa tribu. Oublié le rabbin Haïm qui l'a confiée au premier venu et n'a plus demandé de ses nouvelles, oubliées les femmes d'Abdelkader qui la prenaient pour une folle, oubliés la traversée sur une mer houleuse, la faim, le froid, l'île qui sent la mort, oubliées la tentative de viol et sa belle chevelure rasée. Seuls rescapés : le visage douloureux de sœur Cécile et le corps pendu de frère Dieudonné. Elle les racontera à l'homme terrassé par la fièvre dès qu'il sera en état d'écouter et de parler. Ne rien exiger de lui pour le moment ; demander au cocher de la diligence de les conduire à Albi lui a coûté un effort surhumain.

Yudah a l'impression de voyager avec un mort. Allongé sur la banquette de la diligence qui suit le chemin sinueux du littoral, l'homme ressemble à un tronc d'arbre foudroyé. Seule sa main ouverte bouge au rythme cahotant du véhicule. Courte est la ligne de son cœur alors que celle de la vie traverse la paume dans toute sa longueur. Il vivra vieux mais sans amour, se dit-elle rassurée, et elle regarde la sienne, fragmentée, morcelée.

« Cette enfant aura plusieurs vies dans une même vie, avait dit le mage qui frappe le sable à la saignée de l'air. Beaucoup de chutes, mais elle se relèvera à chaque fois. Un destin raide comme la corde à linge qui nous sépare de l'horizon. » Cette dernière phrase incomprise par les parents suspendus à ses lèvres. Que vient faire la corde à linge quand on attend des révélations sur l'avenir ?

La même corde sera de nouveau évoquée,

mais des années plus tard lorsque le rabbin choisira Yudah pour future épouse d'Abdelkader. Le mage la verra autour du cou d'un homme jeune, pendu à un plafond haut. « Mosquée ou église ? » Il hésitait alors que le problème du père de Yudah était d'un autre ordre : il voulait savoir à quel prix il allait céder sa fille. Combien allait-on la lui payer ?

« L'amour d'Abdelkader n'a pas de prix. Il nous vaudra sa protection et peut-être une route asphaltée qui ira de votre campement à la ville. »

Le rabbin n'avait nullement l'intention de vendre la fille à l'Émir mais de la lui offrir.

Les deux silhouettes penchées sur la vigne sursautent à la vue de la diligence qui s'arrête devant la bastide. « Monsieur Jean est de retour ! » crie la femme en dénouant son tablier. Sa serpe jetée au pied d'un cep, l'homme retient un cri lorsque la portière s'ouvre et qu'un corps glisse jusqu'au marchepied. On porte le maître des lieux dans sa chambre, on appelle le docteur, on lui apprendra plus tard la mort de sa mère et son inhumation pendant son absence, à plus tard la question qui brûle les lèvres concernant la personne qui l'accompagne. Est-ce un nouveau serviteur, un boy ou un ouvrier agricole, alors que fluet comme il est, il n'en a pas l'air, encore moins la carrure ?

Fille ou garçon ont le même sens pour Yudah. Savoir où elle se trouve par rapport à Abdelkader est la seule chose qui lui importe. Pour le reste, elle fait confiance à la main invisible qui régit son sort ; la tache bleue en bas de son dos lui rappelle sans cesse qu'un grand destin l'attend.

Le calme revenu dans la grande maison et tout le personnel réuni à la cuisine, Yudah qui répond aux questions indiscrètes se rend compte que le grand Abdelkader pour ces provinciaux n'est qu'un barbare, un hors-la-loi, un chef de brigands qui a tué des soldats français et qu'on a bien fait de mettre en prison à Pau, avec ses enfants et ses femmes.

« Quarante femmes », lance le jardinier en tirant sur sa pipe. « Quarante concubines et autant d'eunuques », précise le métayer.

« Trois épouses seulement, rectifie Yudah, la quatrième est morte, je la remplace dès qu'il sort de prison. Je suis la fiancée d'Abdelkader. » Une bombe n'aurait pas eu plus d'effet. Ils sont sonnés. L'ahurissement cède vite la place à la compassion. Ils ont pitié du garçon qui prétend être une fiancée. En bons chrétiens, ils s'interdisent de condamner ; les Arabes, ils le savent de tout temps, sont bisexuels. C'est toléré par leur religion. Tout trou est bon à pénétrer, même celui d'une chèvre en l'absence de femme.

Va-t-elle se déshabiller devant ces rustres pour leur montrer ce qui fait qu'une fille est une fille ?

Ils s'en rendront compte par eux-mêmes quand repousseront ses cheveux rasés par les religieuses.

Sa chevelure, elle en est convaincue, est reliée

à la santé de celui qui l'a amenée dans cette maison. Sa féminité va de pair avec sa guérison qui ne saurait tarder. Le docteur qui vient tous les matins le voit debout dans une semaine.

« Combien de jours faut-il marcher pour arriver à Pau ? »

Sa question les embarrasse, aucun d'eux ne le sait. Ils regardent leurs bottes boueuses comme si ces dernières avaient la réponse. Pau est loin tout en n'étant pas à l'autre bout du monde, la renseigne le plus futé de la bande. Mais personne n'y va à pied. Les paysans y vont en charrette, les bourgeois en carriole et les notables en carrosse. Rares ceux qui se rendent dans cette ville connue pour son château devenu une prison. Pas de voleurs ni d'assassins à Albi, mais une cathédrale, celle de sainte Cécile qui guérit de la cécité.

Yudah doit confondre sainte Cécile et sœur Cécile, pour clamer qu'elle la connaît. La novice lui a appris à lire quelques mots et aurait continué si le diable n'avait tourné les choses dans le mauvais sens. La pauvre fille s'est tellement flagellée qu'elle est devenue sourde et certainement aveugle pour n'avoir ni vu ni entendu son fiancé l'appeler pendant trois jours et trois nuits, l'aurait appelée jusqu'à la fin des temps sans le mal qui lui est tombé dessus comme un éclair et qui a tué bon nombre des réfugiés. Il réclamait Cécile, on lui a donné Yudah et il n'a rien remarqué. N'a pas trouvé à redire. Le cœur gelé, la voix gelée. Il a formulé un seul mot : « Albi », avant de se jeter sur la banquette de la diligence, sinon on se serait retrouvés « aux pays du Hind et du Sind », chez les mangeurs de chats et de rats.

Elle les a impressionnés. Ils vont réviser leur jugement la concernant. Le garçon qui est peut-être une fille est loin d'être un ignorant, il a de la culture, même s'il n'a révélé qu'un aspect de son savoir, celui qui touche à ce qui se mange ou ne se mange pas.

Yudah, qui accompagne la cuisinière au marché, souffre à la vue des poulets entravés, des lapins dépecés et alignés par ordre de taille, des bœufs morcelés suspendus aux crochets, des têtes de veau qui tirent la langue aux passants. Même les herbes sont ficelées en bottes. Cette manie des Français à ranger, classer même ce qui est mort. Et elle revoit le désordre joyeux du marché du vendredi dans le désert. Le mouton égorgé à ras du sol, réparti entre tous les membres de la tribu. La poitrine et les épaules réservées aux familles avec enfants, les testicules au vieillard qui a convolé avec une jeunesse, le cœur à celui qui dégainait son yatagan à la vitesse de l'éclair, la langue à celui qui savait garder un secret alors que la peau salée et séchée au soleil devenait un tapis de prière. Enchâssé au fronton d'une tente, l'œil de l'animal protégeait des esprits malins qui hurlaient dans les dunes les nuits de pleine lune, leurs cris balayés avec les poussières, dès le lever du jour.

La voix de la fermière vantant la qualité de ses œufs tire Yudah de son désert et la ramène au réel.

Ses poules, dit-elle, vivent dans la nature, loin de toute habitation, à un jet de pierre du château de Pau.

Yudah oublie de respirer.

« Pau, c'est loin ? s'entend-elle demander.

— Quatre heures de route. J'y vais tous les samedis. »

Sa proposition d'accompagner la marchande n'est pas rejetée, à condition qu'elle se rende utile et accepte d'être payée en œufs.

Arrivée à Pau, Yudah apprend qu'Abdelkader est interdit de visites. « Le Bédouin en deuil ne quitte pas sa tente, dit-il, et je suis en deuil de ma patrie. » La déception la cloue face aux hautes murailles, son désir de l'apercevoir ne serait-ce qu'une fois lui donne des hallucinations.

Adossée à un mur, ses yeux qui scrutent une terrasse visible à travers une haie de peupliers finissent par capter une silhouette, son cœur lui dit que c'est la sienne. De l'homme qui marche, elle ne voit que l'ombre projetée sur les murs qu'il côtoie. Elle se tasse, s'arrondit sous ses pieds lorsqu'il est face au soleil, s'allonge filiforme lorsqu'il lui tourne le dos. Captif de ses propres pas, Abdelkader est à la fois la prison et le prisonnier.

L'homme auquel elle a lié sa vie est aussi sombre, aussi rêche que les pierres du château devenu sa prison. Homme insaisissable. Le regard de Yudah n'a pas prise sur la silhouette dissimulée derrière les vêtements amples gonflés par le vent. On dirait un voilier en pleine tempête. Aussi patiente que les chameaux de sa tribu, plus têtue que le khamsin de son désert, elle refuse de monter dans la charrette qui l'attend. Elle ne bougera pas tant qu'il arpentera la terrasse. Reliée à la bobine géante enroulée autour des chevilles de l'ombre, elle s'accroche au moindre indice, à la main projetée sur un mur, aux doigts qui égrènent un chapelet. Elle compte les grains, retient leur nombre : sept, un message qui lui est adressé. Il veut qu'elle revienne dans sept jours. Peu importe qu'il ne l'ait pas vue, son instinct a parlé pour lui. La porte qui vient de l'engloutir laisse la terrasse sans vie.

« Je reviens dans sept jours », lance-t-elle à l'ombre, et elle grimpe dans la charrette.

Il suffit d'une porte pour qu'un homme soit happé par les murs, il suffit d'un rien pour que le cœur s'emballe, dit un dicton. Yudah, qui essaie d'étouffer les battements fous du sien, se demande si elle a rêvé.

Soucieux et tristes, les visages des passants des villages traversés. La solitude du grand prisonnier a déteint sur tout le paysage. Les arbres dénudés ressemblent à des balais debout sur leur manche, la neige sur les bas-côtés de la route est noire comme les états d'âme de l'Émir auquel la France avait promis un exil à Damas ou à Alexandrie et qui se retrouve en France dans une région pluvieuse et froide. La France a menti, le climat aussi, la neige persiste malgré le retour imminent du printemps. Les oiseaux ne sont pas revenus. Les nids démantelés par l'hiver n'incitent pas au retour. Le printemps sera aussi silencieux que l'ombre qui croyait piétiner une terrasse alors qu'elle piétinait un cœur, le sien.

Le personnel de la bastide note avec satisfaction les progrès du malade vers la guérison. Il se lève du lit sans tituber, fait le tour de sa chambre, mange de bon appétit ; le plus important laissé pour la fin : il peint.

« Peint des murs ? demande Yudah de bonne foi.
— Des portraits de femmes, d'hommes, même la mer qu'on ne voit pas d'ici », est la réponse cinglante de la cuisinière affligée par tant d'ignorance.

Le malade s'est donc remis à la peinture. Il reproduit, mais à sa façon, le paysage visible de la fenêtre de sa chambre : la paille amoncelée derrière la clôture devient une rivière, une flaque d'eau devient un étang, l'ouvrier saisonnier est transformé en épouvantail et en cimetière les dalles qui marquent les frontières de la propriété.

Faut-il chercher la cause de ces hallucinations dans sa séparation d'avec sa fiancée ou dans la mort de sa mère dont la disparition devrait l'affliger ? Contrairement à ce qu'on attendait, il accueillit la triste nouvelle sans la moindre émotion, se crut même obligé de présenter ses condoléances à son personnel venu le soutenir dans l'épreuve, serra des mains, trouva les paroles réconfortantes, appela chacun par son prénom. Arrivé à Yudah, il eut un trou. Il ne reconnut pas le boy qu'il avait ramené de Sainte-Marguerite. Ce qu'il prenait pour un garçon devenu une fille, avec beaucoup de cheveux et ce qu'il faut de seins et de hanches pour appartenir au sexe féminin.

« Elle s'appelle comment ? s'enquit-il
— Yudah. »

Six voix claironnèrent la réponse suivie d'une petite précision chuchotée dans le creux de son oreille.

« Elle est juive. Ses ancêtres ont crucifié le Christ. »

Comme s'il ne l'avait pas assez entendu depuis le temps qu'on le répète.

« Basta ! rugit-il furieux. Vous dites des sornettes. C'est l'abbesse du monastère de Sainte-Marguerite, et personne d'autre, qui a crucifié le Christ. »

Réaction imprévisible de la part d'un homme élevé dans la religion catholique. Qu'a fait l'abbesse à leur maître pour qu'il l'incrimine de méfaits qui remontent à deux mille ans ?

« Mademoiselle Cécile ? osa quelqu'un caché derrière le dos d'un autre qui en cachait un autre.

— Otage de l'abbesse. L'a vendue comme esclave à son Dieu qui la fera travailler pour son compte. Dieu, un gros propriétaire céleste, ajouta-t-il, entre parenthèses le plus grand de tous, le plus riche. Toute l'humanité travaille sur ses terres, sue sang et eau. Payée des clopinettes, mais du moment que personne ne s'insurge… »

Plus il parlait, plus il délirait, mais personne n'osait le contredire. Malade comme il était, il aurait pu rechuter. À bien réfléchir, ils préféraient un maître hérétique et qui les payait à un maître croyant mais malade et ruiné.

Les voilà rassurés. Pourtant l'inquiétude restait visible sur les visages. Guéri, le corps de leur maître a refilé le mal à la tête. Son cerveau est un rien dérangé. Seule l'étrangère a approuvé sa fameuse sentence sur le Crucifié. Ses ancêtres innocentés d'un coup, elle se sent légère, voire téméraire, sinon elle ne lui demanderait pas qu'il fasse son portrait pour qu'elle l'envoie à ses parents restés sans nouvelles d'elle depuis bientôt un an. Son image en bonne santé, préférable à n'importe quelle lettre tandis que l'écriture s'efface à mesure que la lettre voyage.

Un printemps pourri. Il pleut des cordes. La voix furieuse de la cuisinière provient du poulailler. Elle houspille la poule à moitié plumée par le renard au lieu de la féliciter d'avoir réussi à lui échapper. « Tu es devenue vilaine et si laide, aucun coq ne voudra de toi. »

Elle va se rendre à la gendarmerie et dénoncer le voleur qui n'en est pas à son premier méfait. Mais Jean, qui ne veut pas des gendarmes à la bastide, lui dessine une poule avec plein de plumes.

Se sent-elle dédommagée pour autant ? Elle apprécie l'homme mais pas l'artiste qui recommence sans cesse le même portrait de sa fiancée, jamais satisfait du résultat. Poule et fiancée, du kif au même pour la brave femme. Telles qu'elles sont devenues, la première ne pondra plus, la deuxième ne pourra pas lui faire d'enfants.

Le portrait de Cécile donne des sueurs au

peintre. Il a besoin de voir, même si ce qu'il peint est différent de ce que voient ses yeux. Incapable de peindre de mémoire, il demande à Yudah de poser, l'assoit dans un fauteuil dos à la fenêtre, ne pas bouger, ne pas ciller et respirer juste ce qu'il faut d'air pour se maintenir en vie ; le moindre mouvement transformerait le chef-d'œuvre en fiasco.

Consciente de son importance, Yudah se sent devenir statue à mesure que la toile progresse et que le jour court vers sa fin. Elle finira sur un socle, au milieu d'une place, s'il n'arrête pas de reproduire ses traits sur la toile et de les peaufiner.

L'artiste, qui pose ses pinceaux à la tombée de la nuit, se frotte les mains. Il ne cache pas sa satisfaction et trouve saisissante la ressemblance entre le portrait et le modèle. Ils reprendront le travail demain.

Yudah, qui regarde à son tour, reconnaît le fauteuil, le cadre de la fenêtre, le tapis sous ses pieds mais pas la fille. Celle qui la regarde à travers la toile est sœur Cécile. Le peintre a su capter le moindre trait de la novice, toutes ses expressions. Des yeux effarés, des lèvres blessées à force d'être mordues. Remords inavoués ou culpabilité non assumée ? Illisible, le visage de la jeune religieuse entrée au couvent plus par dépit que mue par une vraie vocation. Une page effacée, sa peau translucide, ses yeux une vitre, à travers leur bleu on voit le ciel.

Un grand artiste, monsieur Jean. Le plus grand, pense-t-elle admirative avant de fondre en larmes.

Yudah est convaincue qu'elle n'existe qu'en fonction des êtres qu'elle croise. Sa mort passerait inaperçue, libérerait une place sur terre. Animal sans maître, elle n'appartient à personne, va de lieu en lieu poussée par des événements dont la portée lui échappe. Fille juive vivant dans le désert, on lui fait croire qu'elle va épouser le plus grand homme du pays. Celui-ci vaincu et fait prisonnier, elle suit ses fidèles et se retrouve sur une île entre des musulmans qui la rejettent et des religieuses qui la suspectent des pires turpitudes. Chassée de l'île, elle suit comme un chien l'homme qui réclamait sa fiancée à l'abbesse. La bastide, la cuisinière, tous ces gens simples dont elle partage le pain et la nourriture sauront lui faire oublier le grand destin que dans sa naïveté elle croyait être le sien. Et elle y serait peut-être arrivée si la fermière du marché d'Albi ne l'avait pas emmenée à Pau. Piège ou porte ouverte au rêve, cette ville ? Elle ne veut plus se contenter d'une ombre sur un mur. Elle veut toucher l'homme, sentir son odeur, entendre sa voix. Demain comme prévu, elle accompagnera la fermière à Pau. Attraper la volaille rétive, ficeler les pattes qui se débattent, ramasser les œufs éparpillés dans la prairie, transporter les caisses sur ses épaules, c'est le prix à payer pour voir si son rêve colle à la réalité.

Contrairement à sa dernière visite, le portail du château est grand ouvert. Disparu le gardien qui lui en a interdit l'accès, il y a une semaine. Elle monte les escaliers, progresse d'étage en étage sans rencontrer âme qui vive. La terrasse, elle le sait, donne sur une place. Elle l'atteint après s'être perdue dans un dédale de chambres et se retrouve à l'endroit précis où Abdelkader se tenait. Ses mains tâtonnent sur les murs à la recherche de l'ombre qui se déplaçait avec le soleil. Les pierres noircies par le temps ne l'ont pas retenue, n'ont pas gardé l'ombre de la main qui égrenait un chapelet. La terrasse, un espace mort, et la porte qui a happé l'Émir claque au vent avec le même bruit exaspérant. Bavardage inutile entre le bois et les gonds et qui n'apporte aucune information. Une tempête s'annonce. Une pluie soudaine mouille ses vêtements mais elle ne songe pas à s'abriter. Elle ne mettra pas les pieds à l'intérieur des chambres occupées naguère par les épouses d'Abdelkader. Elle refuse, même par la pensée, de faire partie de son gynécée. Où est-il ? Est-il mort ? Où sont les autres ? tous les autres : femmes, enfants, généraux, gardes du corps ? Sont-ils repartis en Algérie, la laissant seule en France ?

Aussi lourds que son cœur, ses pas la mènent sous le préau qui donne sur les jardins. Deux petites pierres tombales émergent dans un fouillis de mauvaises herbes et de broussaille. Une vieille Arabe pliée jusqu'au sol glisse un paquet sous chaque dalle. La pluie ayant redoublé de violence, elle s'abrite sous le même préau, s'essuie le visage avec le pan relevé de son caftan et pousse un long soupir. Elle se plaint du jardinier qui ne fait pas son travail. Une honte de laisser les mauvaises herbes manger les tombes. Tous partis à Amboise avec l'Émir, personne pour s'occuper des morts. Trois pauvres enfants, le premier enterré seul, les deux autres serrés dans la même tombe. Morts à la naissance comme s'ils refusaient de vivre en exil. Pourtant les mères avaient fait le nécessaire pour les garder en vie : pigeon égorgé sur le seuil, huile et figues posées sur le rebord de la fenêtre. Confiés à la terre nus sans le moindre vêtement pour couvrir leur âme, sans nom ni date comme s'ils n'avaient jamais existé, dans un jardin alors qu'il valait mieux les enterrer à côté d'un ruisseau, garantie d'autres grossesses pour la mère esseulée.

Voyant qu'elle est écoutée, la vieille devient volubile et explique à Yudah les grosses responsabilités qui sont les siennes.

1. Nourrir les défunts. Les morts affamés dévorent le cœur de ceux qui les oublient.

2. Savoir faire la différence entre les âmes subtiles bénéfiques et les végétatives maléfiques qui s'accrochent aux vivants et les tirent vers le bas, vers le crime, le vol et tout ce qui est interdit par le Coran.

Elle est restée à Pau pour eux, un mort oublié ne trouve jamais le repos et réclame toujours plus de nourriture, devient glouton, dévore les racines des arbres, crache dans les sources. Connu pour sa générosité, l'Émir lui a donné assez d'argent pour entretenir les petites tombes jusqu'à la fin des temps. Du moins jusqu'à sa mort.

La vieille femme dit être restée de son plein gré à Pau. Voyager à son âge n'est pas bon pour la tête, qui s'adapte mal aux changements.

« Et pourquoi Amboise serait plus belle que Pau ? »

Son seul regret : l'absence d'un arbre au-dessus des deux tombes pour que les petits se rendent compte du changement des saisons.

« Un olivier de préférence, le plus sec mais le plus généreux de tous, il donne le plus juteux des fruits. »

De retour la nuit à la bastide, Yudah est accueillie par le silence. Tout le monde dort. La lampe en laiton sur le seuil ? Une attention de la cuisinière pour elle. Un pas piétine avec violence le sol à l'étage comme pour le fissurer. Éclairée par la minuscule flamme tremblotante, elle monte les marches sans faire de bruit. Le pas s'arrête dès qu'elle atteint le palier et la porte entrouverte. Immobile face à son chevalet, l'homme jette par giclées les couleurs sur la toile. Il peint le silence de la grande maison, le bruit du vent dans les arbres, sa terreur lorsque la cloche de la grande cathédrale a sonné une seule fois le glas avant de s'interrompre. Annonce prématurée d'un décès ? Il arrive au vieux curé sourd de devancer les événements. Un glas hésitant qui n'a interpellé que lui. Les trois notes tristes qui ont survolé les toits de la ville n'ont pas laissé de traces sur l'air. Pourquoi se sentirait-il concerné alors que son entourage le protège de la rumeur qui circule de maison en maison ?

Tout Albi est au courant de l'état de santé de plus en plus désespéré de sa fiancée et du départ précipité de son père à Sainte-Marguerite pour la ramener chez elle, bien que les religieuses meurent toujours dans leur monastère, leurs places dans son cimetière réservées de tout temps.

Tuberculose à évolution rapide ou regret amer de n'avoir pas suivi son fiancé qui l'avait réclamée trois jours durant à l'abbesse ? Sûre de pouvoir la guérir, sa mère prépare sa chambre tandis que le vieux curé se demande quelle homélie prononcer pour celle qui a fui le couvent comme une voleuse pour venir mourir ici comme une personne ordinaire.

La novice mourante veut revoir la jeune juive qui a quitté l'île en compagnie de son fiancé. Yudah, qui se précipite chez elle, ne retrouve ni le même visage, ni la même voix. L'a-t-elle appelée à son chevet pour lui dire qu'elle a honte quand elle pense qu'elle a été un jour heureuse par un homme alors que ses seuls moments de félicité elle les doit au Seigneur ?

Une rafale de vent secoue l'arbre visible de la fenêtre, un oiseau sur son rebord lance un cri. Le visage émacié disparaît au creux de l'oreiller, en même temps que la voix. Il n'y a pas plus pauvre que les morts, se dit Yudah, et elle quitte la chambre à reculons.

Le même mal ronge Yudah et le maître des lieux. Ils partagent sans le savoir la même culpabilité. C'est à cause d'elle que la novice s'est dénoncée et châtiée, à cause de lui qu'elle s'est réfugiée au couvent. Les balafres noires, grises, rouges sur la toile expriment-elles les coups qu'elle s'est infligés ou le désarroi des pinceaux qui se retiennent pour ne pas devancer la terrible nouvelle ? La mort de sa fiancée, tache de honte et de douleur sur le reste de son existence. La dot exigée par sa mère a fracassé deux vies.

« C'est quoi, une dot ? avait demandé Yudah à sœur Cécile qui lui apprenait à lire et à prier.

— De l'argent que le père de la mariée remet au futur époux.

— Chez nous, c'est l'époux qui paie le père de la mariée », avait rétorqué Yudah.

C'était dans l'île, un an plus tôt.

Il est le seul à n'avoir pas assisté aux obsèques de Cécile. Sa demande de la revoir alors qu'elle était encore en vie rejetée par sa famille, il a réintégré son atelier et peint les gémissements de la mère et ceux du vent dans le jardin de sa maison. Peint les plaintes du mistral qui s'engouffrait par la porte latérale de la cathédrale et le grincement des roues du corbillard sur les pavés. Tous les bruits autour de la morte mais pas la morte. Toute la douleur du monde remontée à la surface de sa mémoire, il a dessiné à grands traits les hurlements des Albigeois qui s'étaient réfugiés cinq siècles auparavant dans cette même cathédrale, le toit à ras des nuages de la citadelle qu'on disait imprenable, le fleuve qui la longe infranchissable à pied. L'ennemi sur l'autre rive ne pouvait rien contre les milliers de personnes retranchées à l'intérieur. Pourtant il avait suffi d'une brèche dans un mur pour que des hommes soient précipités dans le vide et que d'autres meurent piétinés.

Épuisé par ses visions, il tremble de tous ses membres, même le parquet tremble sous ses pieds. Poser ses pinceaux arrête la fiction mais pas la réalité insupportable et crue : première nuit de Cécile sous terre alors qu'il la voulait entre ses bras, dans son lit.

Accroupi au pied de son chevalet, le visage entre les mains, il sanglote comme on aboie. Les mots pour le consoler manquant à Yudah, elle a recours aux gestes. Ses mains essuient les larmes, ses bras soulèvent le corps affalé sur le sol puis l'allongent sur le lit. Elle partirait, refermerait la porte derrière elle s'il ne l'avait pas basculée sur lui. Une peau contre la sienne, un souffle sur le sien lui rendront le goût de vivre. Yudah en est convaincue. Contente d'être utile, elle se laisse enlacer, fouiller par deux mains impatientes. Elle s'ouvre sans protester à l'homme qui la pénètre, se retient de crier lorsqu'il creuse dans sa chair fermée, son cri pouvant le culpabiliser. Surprise par le plaisir, son grand corps d'homme s'arque puis s'écrase sur le sien. On dirait un arbre foudroyé. Elle s'interdit de bouger, ne se libère qu'une fois sûre qu'il dort d'un sommeil profond.

À l'écoute des pas qui marchent un étage plus haut, Yudah le rejoindra dans son atelier nuit après nuit. Étreintes brèves dans le noir, aucune parole n'est prononcée. Ils évitent de se regarder. Les mains cherchent un corps, le déshabillent, s'en emparent. Le plaisir reçu aussi fort que celui donné. Grande fierté lorsque le corps de l'homme qui la surplombe dessine un arc avant d'exploser en étincelles. La lave fertilise les terres pauvres, disait-on chez elle, et elle se voit prairie, verger, riche de mille fruits, jardin.

Cécile morte surgit chaque fois que le peintre affronte la toile, dans des attitudes qu'il n'a pas demandées, elle a décidé d'être seule maîtresse du jeu. Il la laisse faire, la laisse guider, sûr que ses pinceaux sont maniés par une main plus habile que la sienne ; s'y opposer risque de l'effaroucher et de bloquer le processus. Portraits et esquisses, différents et si ressemblants à la fois, occupent tout l'espace. Cécile de face, de profil, de dos, paupières baissées ou endormie se suivent. Elle est à la fois le modèle et le peintre. Inutile tant qu'il travaille, Yudah n'existe que la nuit quand elle s'ouvre à ses mains tachées de couleurs, à son sexe qui la fore plus loin chaque fois à la recherche d'une eau capable d'étancher sa soif. Les visages dessinés de la morte ne lui font plus peur. Rien que des esquisses inabouties froissées, éparpillées sur le sol avant d'être balayées par la jeune servante. Deux femmes se partagent désormais le maître des lieux. La première invisible règne le jour, la deuxième œuvre la nuit. Partage équitable, Yudah s'en accommode jusqu'au moment où elle l'entend hurler par-dessus la rampe de l'escalier, accusant la jeune servante d'avoir volé ses esquisses et l'avoir dépouillé de sa seule raison de vivre. Elle a eu tort de se croire utile. La morte a gagné. La grande bâtisse va presser ses murs comme un citron et l'expulser. Personne ne s'opposera à son départ, les domestiques sont moroses, éteints et en plein désarroi depuis que le maître interdit de faire du feu, d'allumer les lampes ou d'ouvrir les fenêtres. Les poussières soulevées par le balai voileraient les portraits, les fumées y déposeraient leur suie, le vent emporterait les esquisses.

Vissé face au chevalet, emmuré dans ses hallucinations, il peint jour et nuit, peint dans l'obscurité une Cécile infiniment plus séduisante et plus aguicheuse qu'elle ne l'était de son vivant. Les lèvres pleines appellent morsure et baiser, par l'échancrure de la robe les seins sont deux pigeons qui s'ébrouent au moindre mouvement. Fait-il l'amour la nuit avec les portraits qu'il crée le jour ? Le pas qui marche au-dessus de sa tête ne l'invite plus à le rejoindre. Elle ne franchira plus jamais les marches qui mènent à l'atelier.

Visages soucieux autour de la table de la cuisine quand les bruits du jour s'aplatissent sur le sol. Les regards accusent l'étrangère de porter la poisse.

« Quel chemin prendre pour retourner au désert ? Et combien de jours faut-il ? »

Question bizarre. Les uns ricanent, d'autres s'énervent.

« Quel désert ? s'informe la cuisinière indulgente.

— Il n'y en a qu'un seul, est la réponse évidente. Il est temps que je rentre chez moi.

— Albi, Carcassonne, Perpignan, Barcelone, Valence à pied, puis d'Alicante à Alger à la nage. Le nombre de jours dépend de toi. Trois ans si tu marches jour et nuit, sinon toute la vie. »

La réponse du cocher déclenche un fou rire général.

Seule la cuisinière ne rit pas. Yudah qui les entend rire n'attendra pas le matin pour s'en aller.

Une branche trop verte a du mal à prendre feu. Une fumée âcre envahit la cuisine. Debout dans l'embrasure de la porte, elle attend la fin des rires pour quitter les lieux.

Marcher dans l'obscurité ne lui fait pas peur, elle a cohabité avec les mêmes ténèbres à l'intérieur de la bastide. Deux filles marchent en elle. Sa nostalgie du désert tire la première vers le sud, la mer et le désert. Son désir de devenir une autre tout en gardant son apparence tire la deuxième vers le nord. Une voix lui dit qu'elle s'appelle Judith, le nom donné par les religieuses sur l'île, que son destin l'attend dans une grande ville, la plus grande de toutes si elle arrive à traverser la France dans toute sa hauteur. Incapable de réfléchir à une heure aussi tardive, elle décide d'attendre le matin pour faire son choix. La rue est vide, tous les commerces sont fermés, les silhouettes à travers les vitres des maisons la rassurent. Elle n'est pas seule au monde et elle s'allonge sur le premier banc, se jette dans le sommeil comme une pierre dans un puits. Les mains qui la secouent sont celles de son cousin. Elle le reconnaît malgré la couche de charbon qui recouvre son visage. Daoud la presse de se lever pour la ramener chez elle. Apprenant qu'elle a suivi la smala dans son exil après la défaite d'Abdelkader, il l'a cherchée partout, à Mascara, à Alger, à Toulon puis à Albi, voyageant en barque, en carriole, à pied et pour finir dans une charrette, serré entre deux sacs de charbon.

Des explications on ne peut plus claires mais qu'elle a du mal à croire maintenant qu'elle est réveillée. Son cousin a disparu, la nuit l'a happé. Consciente d'avoir rêvé, elle se retourne sur le banc, change de côté et reprend son sommeil là où elle l'a laissé. Elle n'est pas inquiète, quelqu'un veille sur elle, elle ne le connaît pas, il saura choisir le meilleur pour elle, la guidera sur la voie qui la fera progresser. N'a-t-elle pas appris la moitié de l'alphabet chez les religieuses, à faire la différence entre un homme et son ombre à Pau, à poser pour un peintre à la bastide ? Elle posera pour un autre, non encombré d'une morte. Ce ne sont pas les artistes qui manquent au monde.

La voix de la cuisinière conseillant à son maître de peindre de belles femmes languissantes, en crinoline, lui revient sur ce banc où elle attend le jour.

« Des duchesses, des comtesses, avait-elle suggéré. Peindre une reine ou une mendiante, c'est le même prix ; les couleurs coûtent pareil. »

Le jour qui arrive de derrière les collines éclaire la rue, une rafale de vent pousse un vieux journal dans sa direction. Les pages jaunies sont mouillées par endroits. Coincé au pied du banc, le journal frissonne comme s'il avait froid. Elle connaît l'homme en première page, elle l'a déjà vu sur un drapeau et en effigie sur une médaille. Laissé par terre, il risque de s'émietter. Elle le récupère, le défroisse, puis scrute de nouveau le visage qu'elle voit pour la première fois de si près. La moitié de l'alphabet ne lui permet pas de déchiffrer le texte qui accompagne la photo.

« S'il vous plaît, pouvez-vous me dire ce qui est écrit sur cette page ? »

Un passant moins pressé que les autres lui en fait la lecture. Elle apprend que les habitants de la ville d'Amboise ont réservé à l'Émir Abdelkader un accueil bienveillant, qu'il est entouré de tous ses proches. Le château est loin d'être une prison même s'il n'a pas le droit de sortir. Elle est contente pour lui mais triste pour elle qui aurait pu faire partie de ses proches, ce n'est pas la place qui manque dans un château. Elle pense à lui et à ses femmes qui partagent son exil, à la quatrième, morte il y a un mois. Les bébés enterrés dans la minuscule tombe de Pau sont-ils les siens ou ceux d'une autre épouse ? Ces femmes s'entendent-elles entre elles ? S'épaulent-elles quand surgissent les difficultés ? Et selon quel rituel partagent-elles la couche de leur homme ?

Yudah pleure pour la première fois depuis qu'elle a quitté le désert. Elle se pleure tout en pleurant la morte qu'elle ne connaît pas. Les larmes essuyées du revers de la main sont noires. Le visage charbonneux de son cousin vu en rêve a-t-il déteint sur le réel ?

« Est-ce Amboise ou le désert d'Algérie qui est le plus éloigné d'Albi ? demande-t-elle au lecteur bénévole.

— Le désert d'Algérie.

— Et quelle est la plus grande ville de France ?

— Paris. »

Il est étonné qu'elle ne le sache pas.

« J'aurais préféré que ça soit Amboise, mais j'irai à Paris puisqu'il le faut. »

L'homme parti, elle contemple la photo de l'Émir. La douceur du visage contraste avec la barbe noire et drue. Les yeux clairs jurent avec les sourcils fournis. Elle donnerait des années de sa vie pour le rejoindre si le lecteur bénévole ne l'avait informée que l'illustre prisonnier fuit le monde, qu'il vit en ascète : vêtements sobres, nourriture frugale, et qu'il consacre ses journées à la prière, à la lecture et à l'écriture.

« Qu'est-ce qu'il écrit ?

— Des poèmes, des pensées. L'homme est un mystique, un soufi, un philosophe. La France l'a humilié. »

Yudah serait restée sur son banc, des clous invisibles la retenant au bois, si un homme ne s'était immobilisé face à elle. Un genou par terre, il déclare, théâtral, qu'il vient de trouver son Esther.

« Mêmes yeux qui grimpent aux tempes, une bouche aussi ronde qu'un nid de merle, des pieds de papillon, un nez de la taille d'un trèfle. »

Il dit beaucoup de choses mais qui ne vont pas ensemble, des choses à côté des choses. Pris séparément, les mots qui paraissent raisonnables deviennent fous dès qu'ils sont ensemble.

Se moque-t-il d'elle ? Elle est méfiante.

Il semble sincère lorsqu'il dit la chercher depuis des mois. Ses comédiens s'impatientent. La troupe au complet est prête à prendre le train pour Paris. Assuérus, Mardochée, Hydaspe, le chœur l'attendent. Racine, le grand Racine l'attend.

« On joue demain à Paris. »

D'où viennent tous ces noms ? Elle ne connaît aucune des personnes qu'il a citées.

« Allez ! Levez-vous, je vais vous présenter aux autres comédiens. »

Il a dit « aux autres » comme si elle en était une. Habituée à obéir, elle le suit. Elle ne s'est jamais opposée à la volonté d'autrui. Suivre le courant finira un jour par la conduire à ce destin dont elle n'a jamais douté. Ne sachant où aller depuis qu'elle a quitté la bastide, elle met ses pas dans les siens, marche derrière lui. L'idée de lui fausser compagnie ne l'effleure pas. Elle court pour ne pas le perdre, car ses jambes sont deux fois moins longues que les siennes. Il marche et parle en même temps, l'appelle Esther comme si ce nom avait toujours été le sien, continue à l'appeler Esther même quand, essoufflée, elle s'arrête au milieu de la rue pour lui crier qu'elle s'appelle Yudah.

Il a compris Judas, d'où son air ahuri.

« ... Judith si vous préférez, et pas Esther », précise-t-elle. Il ne voit pas la différence. Les deux sont juives.

Des menteurs, les comédiens de la troupe, ils affirment que Judith ressemble de manière hallucinante à Esther bien qu'aucun d'eux n'ait connu la reine de Sion inventée par la Bible, réinventée par Racine.

Elle dit qu'elle n'est pas comédienne, et ils rétorquent que l'ignorance est gage d'authenticité et de sincérité. Elle dit qu'elle parle mal le français, et ils lui expliquent qu'elle n'aura pas à parler, elle bougera les lèvres, quelqu'un parlera pour elle. Elle dit qu'elle ne peut pas se débarrasser de son accent, et ils disent que c'est justement son accent juif qui la rend intéressante. La reine Esther devait avoir le même.

De Yudah à Judith à Esther. Elle a le vertige. Changer de nom trois fois dans la même journée alors qu'elle porte la même robe depuis des mois. Confiante en son étoile, elle se dit qu'un jour viendra où son nom ne signifiera plus rien pour personne, qu'elle oubliera jusqu'au nom de sa tribu et celui du cousin qui voulait l'épouser ; l'unique témoin, le rabbin Haïm, mort depuis des lustres. La voyant sur scène, personne ne saura qu'âgée de douze ans elle trayait les chamelles, entravait les chèvres quand soufflait le khamsin et qu'elle haletait de plaisir quand ce cousin pinçait le bout de ses seins derrière les dunes. Images à moitié effacées qui font rougir celle qui se prenait pour la fiancée du grand Abdelkader qui a tenu tête à la France pendant quinze ans, font rougir Yudah convaincue de devenir une comédienne célèbre. Partagée entre la honte et la culpabilité de ressentir cette honte, Yudah se fie à la main qui la tire vers la gare, et vers cette Esther au destin tragique qu'elle incarnera sur scène alors qu'elle ignorait son existence il y a à peine une heure.

Le train arrivé en gare, les comédiens s'égaillent dans Paris. Des amis hébergeront les uns, des parents lointains hébergeront les autres. L'hôtel c'est pour plus tard, quand le régisseur paiera. Seuls Yudah et Nicolas ont droit à une auberge.

Balluchon à l'épaule, ils se sont embrassés sur le quai avant de disparaître dans la nuit, la laissant seule avec lui. Voyant qu'elle tremble, il lui fait enfiler sa veste. Son visage inquiet lui donne-t-il mauvaise conscience ? Il la rassure en lui expliquant qu'elle a rendez-vous avec l'Histoire.

Elle hoche la tête bien qu'elle n'ait pas compris.

Sa grande main la tire comme chèvre par le licou. Elle croit marcher alors qu'elle est soulevée, ses pieds touchent juste ce qu'il faut de sol pour ne pas s'envoler. Les fenêtres éclairées captent toute son attention. Elle se dit qu'elle serait heureuse d'habiter une de ces maisons, si vastes qu'on pourrait y héberger toute la tribu des Qurayzas avec leur bétail. Nul besoin de bateau ou de train pour les faire venir à Paris. Ils arriveront à dos de chameau, investiront le premier immeuble rencontré, laisseront sur le paillasson l'odeur du désert qui colle à la plante de leurs pieds. Elle achètera des chaussures à tout le monde, même aux montures. Grands et petits seront chaussés et apprendront à marcher dans les rues sans se faire bousculer par les passants ou écraser par les diligences. Elle leur apprendra surtout à parler le français sans passer par l'épreuve de l'alphabet. Inutile de disséquer les mots, mieux vaut les prononcer en vrac, après les avoir fait tournoyer sur la langue comme avec les boulettes de riz à l'agneau. Elle leur dira aussi de ne pas avoir peur des chiens, car contrairement aux klebs du désert, des descendants du loup contraints de tuer pour manger, les chiens français qui descendent du chien ne mordent pas, n'égorgent pas les poules, n'attaquent pas les étrangers. Pour finir, elle expliquera à grand-père Ishack, le seul qui sache lire et écrire, que les Français écrivent à reculons, dans le sens contraire de l'hébreu et de l'arabe, et qu'il devra s'en accommoder.

Courir derrière Nicolas ne l'empêche pas de penser. S'il pouvait marcher moins vite. Inutile de le lui demander, il n'écoute pas, n'entend que le bruit de ses pas battant le pavé. Seul comme un phare, il surplombe la foule de sa haute taille ; sa grande main serrant la sienne fait tinter ses bracelets. Un tintement triste qu'elle est seule à entendre. Il a hâte de lui montrer Paris et ses théâtres dont il clame le nom avec emphase comme s'il en était le propriétaire.

« Le Théâtre national », « le Temple olympique », « les Folies-Dramatiques », « le Théâtre de la Gaîté », « le Théâtre des Funambules », « le Théâtre-Lyrique ». Six théâtres, pas un de moins, alignés des deux côtés du boulevard du Temple, avant de poursuivre l'inventaire plus loin : « le Théâtre Saint-Martin », 76, boulevard Saint-Martin, « le Gymnase », 38, boulevard de Bonne-Nouvelle, et « le Théâtre du Palais-Royal », rue de Montpensier. Épuisée, elle entend un mot sur deux de ce qu'il dit, retient pourtant que c'est grâce à Victor Hugo qui a déposé une motion au Parlement que les théâtres parisiens sont conventionnés.

Elle va jouer Esther dans toutes ces salles, sinon il ne les lui aurait pas montrées. La responsabilité écrase ses épaules. La foule qu'elle vient de croiser sur les boulevards la huera demain. Elle ne voit qu'une solution : disparaître pour ne pas décevoir. Mais comment échapper à l'étau de fer autour de son poignet ? Elle craint et aime son autorité. Fuir Nicolas revient à se priver de l'exaltation qui la remplit au contact de ses doigts. La main de Nicolas sent à la fois le fer et le jasmin.

Le théâtre promis par Nicolas est une taverne dans le ventre chaud de Paris face aux abattoirs. L'air y est plus opaque qu'ailleurs. Odeurs mêlées de sueur, de sang et d'excréments. Fallait-il qu'ils traversent la France pour ça ? Visages déconfits des comédiens. Mais du moment que ce n'est que pour quelques représentations et qu'un vrai théâtre les attend boulevard du Temple. Nicolas n'a qu'une parole, Nicolas ne ment pas. Toutefois, il faudra compter avec les dîneurs désireux de discuter entre eux, donc incapables d'écouter Racine ou de prêter la moindre attention aux comédiens serrés dans un angle de la salle. Le tavernier est clair.

« Pas de confusion ! Ne prenez pas mes clients pour des spectateurs. Votre Racine seul ne nourrit pas son homme s'il n'est pas accompagné de tripes à la bordelaise ou de gigot à l'ail. Exiger le silence pourrait les humilier, énerver les forts en gueule capables de taper, de casser des chaises, de la vaisselle. Mon conseil : que chacun fasse son travail sans se préoccuper de l'autre. Ils discuteront de leur côté, vous ferez votre numéro du vôtre. Vous avez intérêt à vous oublier. Et surtout ne vous attendez pas à des applaudissements, ils sont réservés à mon cuistot. »

Les voilà prévenus. L'essentiel : être payés en attendant le vrai théâtre. Nicolas l'a promis. Nicolas n'a qu'une parole.

Prévenus ! Mais personne n'a pensé aux imprévus. Rien que de petites phrases lancées d'un ton excédé : « La ferme ! Taisez-vous, grand Dieu ! Impossible de manger tranquille ? » Une tirade déchirante d'Assuérus couverte par les phrases assassines.

Quel jour mêlé d'horreur vient effrayer mon âme !
Tout mon sang de colère et de honte s'enflamme.
J'étais donc le jouet... Ciel, daigne m'éclairer !
Un moment sans témoins cherchons à respirer
Appelez Mardochée, il faut aussi l'entendre.

« C'est ça ! Faut appeler Mardochée. Mais où le trouver à cette heure ? » clame un rigolo, et il fait mine de chercher sous la table.

Le grossier et le pathétique. On s'esclaffe dans la salle, on se lamente dans l'arrière-salle. L'excitation atteint son comble dès qu'apparaît Yudah !

Quelle voix salutaire ordonne que je vive,
Et rappelle en mon sein mon âme fugitive ?

Puis c'est Élise qui provoque l'explosion :

Quoi ! fille d'Abraham...

« Juive par-dessus le marché, moi qui la croyais seulement maigre ! »
Le tavernier les presse de partir. « Sortez. Sortez, sinon ils vont vous tuer. » Il est désolé. Ses clients sont capables de casser la baraque si la troupe ne quitte pas les lieux.

Réunion au milieu de la rue, sur les pavés luisants de pluie. Chacun y va de son idée. Mardochée va écrire au régisseur du château de Versailles. C'est là qu'*Esther*, à la demande de Mme de Maintenon, fut jouée la première fois. Pourquoi pas une deuxième ? Assuérus va écrire au chef de la police, à Victor Hugo, à l'archevêque de Paris, au roi.

Nicolas décide de demander de l'argent à un vieil oncle riche et fantasque, écrivain et poète connu qui a rompu toute relation avec la famille. Aucun des théâtres connus n'étant libre, ils loueront une salle de spectacle et le rembourseront avec la recette.

Seule Yudah n'a pas d'avis. Elle ne se sent pas concernée par la tragédie arrivée des milliers d'années avant sa naissance. Incarner un personnage revient à mentir. La voix d'Esther ne disait rien de ce qu'elle-même sentait. La voix ne parlait pas de ses problèmes, ni de ses malheurs depuis qu'elle a quitté sa tribu. La reine de Sion n'a rien de commun avec elle, la reine des juifs ignore son existence, ne l'a jamais rencontrée, ne lui a jamais serré la main, n'a pas partagé le moindre pain avec elle, n'a pas trempé ses doigts dans son assiette. La reine Esther fait semblant de pleurer son peuple, ses larmes ne sont pas sincères, ses lamentations exagérées. On ne pleure que les membres de sa famille et ses amis, or un peuple c'est mille fois plus grand qu'une famille, la mer comparée à une flaque d'eau. Et la maigre juive venue du désert, une sauterelle comparée à la reine grande et bien en chair. Yudah va plus loin dans ses réflexions. À écouter les autres comédiens, Mardochée doit être très malheureux pour torturer son peuple de la sorte, et Assuérus un faible à la botte de son maître, son dernier grief réservé au chœur qui ferait mieux de chanter au lieu de gémir. Son tintamarre ne règle rien, une viole bédouine à une corde enchanterait mieux l'oreille et ferait frémir les cœurs les plus secs.

Conclusion : Yudah trouve bien tristes tous ces personnages. Ils ne sont jamais contents de leur sort, tout le temps à se disputer et à se plaindre.

« Réunion demain place du Palais-Royal. »

La voix de Nicolas met brutalement fin aux discussions à la vue d'une calèche fonçant dans sa direction. Elle s'arrête à sa hauteur, un bras d'homme jaillit de la portière ouverte et le hisse à l'intérieur, puis elle s'éloigne dans un grand vacarme. Les comédiens font ceux qui n'ont rien vu. Ils évitent de se regarder chaque fois que surgit la fameuse calèche. Il ne s'agit pas d'un rapt, Nicolas y va de son plein gré. Nicolas ne s'est pas débattu, n'a pas résisté à la main qui l'a soulevé comme un fétu de paille. Voyant Yudah tétanisée par la peur, une comédienne lui explique qu'il s'agit toujours de la même carriole et du même homme. Ils suivent Nicolas de ville en ville, le repêchent à la fin des représentations mais le rendent sain et sauf le lendemain. Personne ne connaît son visage ou sa voix. Il est le maître, Nicolas est son objet, sa chose. Sa grosse main, son poignet épais lui ont valu le surnom d'« Ogre » alors que Nicolas revient entier de ces périples. Un lien mystérieux les unit, Nicolas sent sa présence à des kilomètres de distance, ses narines qui hument l'air savent qu'il est dans les parages. Nos inquiétudes du début devenues soumission avec le temps, personne ne s'en étonne, les vrais artistes gardent leur étonnement pour la scène, il faut s'alléger de toute émotion pour tout donner au personnage qu'on incarne.

Nicolas parti avec son homme et voyant Yudah désemparée, la même comédienne la raccompagne à son auberge et plaide chemin faisant la cause de Nicolas incapable d'aimer une femme après la mort de sa mère qu'il adorait. Autoritaire, violent, l'Ogre a remplacé le père disparu à sa naissance.

« Nicolas qui nous revient avec des balafres sur tout le corps est soigné. Pas de questions ni de commentaires. Il fait ce qu'il veut de sa vie. Ils sont ensemble depuis des années. Va savoir ce qui unit le jeune comédien à l'aristocrate fauché, bon mari et bon père de famille. C'est du moins l'impression qu'il donne à ceux qui le voient vivre dans son manoir au milieu des siens et se plaindre du toit qui laisse filtrer la pluie, de son métayer qui le vole et de ses terres qui coûtent plus qu'elles ne rapportent en main-d'œuvre, semis et engrais. »

Yudah retrouve Nicolas devant son bol de café du matin, visage caché derrière le journal.

« On parle de ton Abdelkader, le guerrier est devenu un saint. Un mystique. Il dit que sa pensée s'est émancipée de tout ce qui est matériel et politique pour rejoindre la perspective infinie de l'être et qu'il lui a fallu être mort à lui-même pour se donner à l'inspiration de l'exil et abonder dans le souffle, hors du temps et des lieux, et naître à la pluralité vivante où le UN murmure. »

Yudah n'a que faire de cette longue phrase. Elle veut savoir si l'Émir est bien logé, s'il est bien traité et s'il mange à sa faim. Elle veut du concret.

« Bien sûr qu'il mange à sa faim, il festoie aux frais de la France qu'il combattait. Le journaliste qui a pu l'approcher le dit triste depuis qu'il a découvert lors d'une promenade dans le cimetière musulman du château que le nombre des morts a doublé en un an. Un cimetière planté d'armoise utilisée par l'Émir pour soigner les maux qui frappent ses proches et ses chevaux. Le filet d'eau transversal qui circule entre les tombes indique La Mecque. »

La lecture terminée, le journal plié, Yudah découvre le visage de Nicolas avec horreur. Une bouche ensanglantée, une grosse morsure au cou. La trace des dents y est visible. Le sang n'a pas encore séché.

Il donne l'impression de ne pas s'en apercevoir.

« Tu t'es battu avec un chien ? »

Il hoche la tête dans les deux sens, oui et non en même temps.

« Pourquoi un chien ? L'amour aussi peut rendre enragé. »

À sa main qui frappe l'air par-dessus son épaule, elle comprend qu'il désire changer de sujet. Il reparle de son oncle riche qui a les moyens de louer une salle pour sa troupe, insiste pour qu'elle aille lui parler.

« Tu peux le convaincre.

— Il ne me connaît pas. C'est toi qui devrais y aller.

— Surtout pas. Ma mère morte, il n'a plus voulu me voir. Je la lui rappelle. Je suis son portrait vivant. Il ne s'est jamais consolé de sa perte.

— Tu me vends à cet homme ?

— Je te loue seulement. Nous avons besoin

de son argent, sinon plus d'*Esther*. Il ne me reste plus qu'à me pendre. »

L'image du moinillon Dieudonné pendu au plafond de la chapelle du monastère n'ayant pas cessé de lui tordre le cœur, elle promet d'aller voir l'oncle.

« Il est très vieux, ton oncle ?

— Oui, si on compte sa vie en jours, pas en années.

— Aussi vieux que l'âne du rabbin Haïm.

— Je ne connais pas l'âne du rabbin Haïm. »

Nicolas fait de grands efforts pour se retenir de rire.

« Un âne avec une âme noble et des larmes plein les yeux. Il pleure sur le sort des juifs qu'on massacre partout dans le monde. »

Il la regarde comme s'il la voyait pour la première fois.

« Tu ne m'as pas dit comment tu es arrivée dans ce pays. D'où viens-tu ?

— Du désert.

— Le désert n'est pas un pays.

— Pourtant il est habité. Il suffit d'un puits et de quelques touffes d'herbes pour installer un campement. Sans compter les gens de passage : les caravaniers, les chasseurs de gazelles et ceux qui creusent les mines de sel. Nous, on regardait les uns passer, les autres extraire le sel ou courir la gazelle. On comptait les coups de feu, donnait à boire aux chameliers.

Les gazelles encerclées avaient la terreur dans les yeux, l'odeur des hommes faisait palpiter leurs narines. Les machines qui creusaient retournaient les pâturages et condamnaient le bétail à mourir de faim. Mais personne ne s'en plaignait. Le désert appartient à tous et le monde a besoin de sel. Les plaques ficelées sur le dos des chameaux et les caravanes prêtes à regagner la ville, on nous dédommageait. Les plaques émiettées laissées sur place étaient partagées entre tous les membres de la tribu. Il arrivait que les femmes se disputent pour une poignée de plus ou de moins. Elles se tiraient les cheveux, s'en arrachaient des touffes, se crachaient à la figure. Mais tout rentrait dans l'ordre dès qu'un homme intervenait. Plus un seul mot de travers dès qu'il tapait du pied et donnait l'ordre aux harpies de rentrer chez elles pour préparer à manger. Le feu sous la marmite faisait de grosses flammes quand elles soufflaient leur colère. La nuit, on pouvait tout entendre d'une tente à l'autre. Les pleurs de bébés fâchés avec le sommeil, le halètement des couples qui faisaient l'amour. "Mach'Allah, Mach'Allah", clamaient les vieux insomniaques quand des rugissements perçaient les murs d'une tente. Je serais là avec eux si le rabbin n'avait pas voulu me marier à Abdelkader. Une idée à lui. Allez savoir si l'Émir était au courant. Il était si vieux, le rabbin Haïm, je me dis pour lui trouver une excuse. Aussi vieux que son âne.

— Et que mon oncle », enchaîne Nicolas dans un éclat de rire qui ressemble à un hoquet.

Nicolas croit rire alors qu'il pleure.

Et Yudah lui conseille de ne pas gaspiller ses larmes, de les garder pour la prochaine sécheresse.

« Tu crois pleurer mais tes larmes coulent en toi. Tes yeux sont secs », lui dit-elle, et il rit de plus belle.

La lettre dans la poche de Yudah est aussi lourde que son cœur. Nicolas y explique à son oncle ses difficultés à payer un théâtre capable de programmer sa pièce. Louer une salle est la seule solution, les recettes couvriraient les dettes réparties entre frais de bouche, frais de scène et de costumes. « J'aurais aimé vous expliquer tout cela de vive voix mais vous continuez à me refuser votre porte. Pourtant nous étions faits pour nous entendre. Enfant, je vous admirais et dormais avec vos livres faute de savoir les lire. Plus tard, voulant devenir écrivain comme vous et n'ayant pas réussi à me faire publier, je me suis tourné vers le théâtre. Je guette la sortie de vos livres dans les librairies et les lis avec inquiétude comme s'ils étaient les miens. Vous écrivez ce que je n'ai pas su écrire. La jeune fille qui vous porte cette lettre a la patience du désert puisqu'elle vient de là. Appelez-la Esther, Judith ou Yudah, elle répondra à tous ces noms. Elle saura vous être "utile". »

La main de Yudah n'a pas cessé de palper l'enveloppe pour s'assurer de sa présence, ses pieds suivent l'itinéraire recommandé. Dépassée la place des Vosges, elle franchit un portique et se retrouve dans un labyrinthe de ruelles nauséabondes. Fille des poussières et du vent, ce ne sont pas les ordures ménagères qui jonchent le sol ni les seaux d'eau saumâtre déversés par les fenêtres qui vont la faire reculer. Elle ira au bout de sa mission, sauvera Nicolas qui l'utilise, elle en est consciente, comme un appât. Ce n'est pas la première ni la dernière fois qu'on se sert d'elle avant de la rejeter. Viendra un jour où elle sera appréciée, peut-être même aimée. Il faut qu'elle soit patiente.

La façade majestueuse de la maison de l'oncle détonne dans cet environnement sordide. Elle aurait dû s'y attendre, n'a-t-elle pas été prévenue que l'oncle était un original ? Un homme raisonnable n'aurait pas fait construire sa maison dans un quartier aussi bizarre. Un vrai hôtel particulier entouré d'un vrai jardin et d'une grille qui en fait le tour. À travers les branches d'un marronnier malmenées par le vent, une silhouette d'homme fait les cent pas dans un salon éclairé par un grand lustre. Les mains derrière le dos, il va d'un mur à l'autre, s'arrête pour noter une phrase sur un bureau avant de reprendre sa marche. Le silence qui encercle les lieux vole en éclats à l'approche de trois calèches qui arrivent en même temps et déversent une foule endimanchée devant la grille. Des femmes en crinoline et chapeau, des hommes en jabot de dentelle et bas de soie. Un domestique en livrée vérifie les noms à la lumière du bec de gaz suspendu au-dessus du perron. S'agit-il d'un bal masqué ? Les loups de velours cachent les yeux, les éventails en plume dissimulent les visages. Yudah qui se glisse derrière eux se retrouve seule avec l'homme qui écrit, les convives ayant disparu derrière les portes des chambres comme s'ils obéissaient à un jeu ou à un cérémonial.

Épuisée d'avoir marché, elle se jette dans un fauteuil. Les mains derrière le dos, le maître des lieux arpente le salon de long en large sans se soucier de sa présence.

Il lui demande sans s'être retourné si elle vient seule ou si elle fait partie d'un couple.

La lettre qu'elle lui tend tient lieu de réponse.

Visage excédé. Il reconnaît l'écriture de Nicolas qui n'en est pas à sa première tentative. La moue méprisante cède la place à la curiosité à mesure qu'il lit. Son regard sonde la fille qui attend son verdict. Va-t-il lui donner l'argent nécessaire à la location d'une salle ou la renvoyer comme une mendiante, les mains vides ?

Il s'ébroue. On dirait un aigle prêt à s'envoler. Un doigt sur la tempe, il réfléchit. La voix est brutale lorsqu'il lui demande d'où elle vient et quel âge elle a.

« Je viens du désert et j'ai quinze ans.

— Que font les filles du désert quand elles brûlent d'envie de faire l'amour ?

— Les mères le savent à l'odeur et leur jettent un seau d'eau froide sur les fesses comme pour les chiennes en chaleur. Le sexe, c'est pour les gahba, les femmes honnêtes n'ont pas de sexe mais une porte de sortie pour les enfants qu'elles mettent au monde. »

Elle l'a déçu, ses poches retournées pour montrer sa bonne foi, il clame qu'il est ruiné, sa fortune dépensée pour financer la révolution.

« Donner à Nicolas revient à jeter l'argent par les fenêtres. Le théâtre ne sert à rien quand de vraies tragédies ont lieu dans la rue. On vole, on assassine, on kidnappe sous les yeux de la police qui envoie les victimes derrière les barreaux quand ce n'est pas à la morgue. Je mourrai probablement ruiné, mais heureux d'avoir gaspillé ma fortune sur des êtres avides de liberté. D'où cette maison transformée en bordel disent les uns, en lupanar disent les autres. Ouverte à ceux qui veulent s'aimer librement sans sacrements d'Église ou contrat de mariage, à tous les opposants du régime que je réunis autour de ma table. Je suis l'instigateur des banquets républicains qui se multiplient en ville. Couples adultérins ou vénérables vieillards, mes invités ne supportent aucun joug, aucune autorité. Mon neveu devenu l'esclave d'un aristocrate pervers n'a rien d'un homme libre. Pour toute aide, je lui donne un conseil : qu'il mette en scène une pièce du grand Victor Hugo. Démodés, Racine, Corneille et Molière. Les problèmes de leur époque ne sont pas les nôtres. Chimène, Phèdre, le Cid ne courent pas les rues. HUGO, lui seul sait parler au peuple. Un grand poète, un grand révolutionnaire. Plus d'Esther qui pleurniche, ni de Bérénice qui se lamente, ni de Monsieur Jourdain qui fait le pitre, Hugo a enfoncé le nez des pauvres gens dans leur misère, dans les égouts qui débouchent dans leur rue, envahissent leurs taudis insalubres. Allez le voir de la part du poète Albert de la Fizelière et il vous recevra. Voici ma carte de visite agrémentée d'un poème de mon cru. Je le lui dédie. Vous le lui remettrez en main propre. »

Voyant qu'elle hésite, il la houspille :

« Allez-y de ce pas, ne perdez pas de temps, il habite à deux pas d'ici. À l'angle de la place des Vosges. Vous reconnaîtrez sa maison à la foule qui guette son apparition à une de ses fenêtres. Il suscite la même ferveur que la Vierge Marie. Ma carte de visite vous ouvrira sa porte, toutes les portes, son gardien qui me connaît de réputation vous laissera entrer. »

Décidément, Victor Hugo ne fait rien comme tout le monde, se dit Yudah impressionnée par le salon où un majordome en livrée l'a introduite. Ses yeux font le tour des tentures épaisses, des sombres boiseries sculptées avant de s'arrêter sur le poète.

Le regard amusé de celui-ci la parcourt de la tête aux pieds avant de se plonger dans le poème qui lui est dédié. Faut-il appeler rire ou hoquet le grognement qui la fait sursauter ? Un rire tonitruant, énorme qui fait osciller le lustre au-dessus de sa tête et grincer la chaise sous ses fesses. Lire un poème mérite-t-il de tels débordements ? Ou est-ce la signature qui le fait sangloter de rire ?

Il tient à partager la lecture du poème avec l'étrange fille qui lui impose sa visite.

Amande ciselée de main de jardinier
Abricot mûri au soleil de l'été

Figue goûteuse à souhait
Ton sexe de fille nubile
De face ou de profil
Actif ou nonchalant
Ludique ou glouton
Ton sexe enfer ou paradis...

Signé : *Albert de la Fizelière, poète libertin.*

Hugo n'ira pas au bout de sa lecture. Le poème froissé et jeté dans le panier, ses larmes essuyées, il demande ses impressions à Yudah qui n'a pas écouté le poème mais le son de la voix rayée par une tristesse sans fin. Une voix pareille à une vitre cassée.

« Ces murs ne vous aiment pas. Je partirais ailleurs si j'étais vous, lui conseille-t-elle alors qu'il n'a pas demandé son avis. Le deuil aura du mal à vous suivre. Le deuil est un chien peureux qui ne s'aventure pas hors de son territoire. La personne que vous pleurez est plus forte que vous. Les noyés s'accrochent aux vivants comme à une planche et les entraînent dans leur mort.

— Qu'attendez-vous de moi ? »

Il est sur ses gardes.

« Une de vos pièces pour une troupe de comédiens aux abois.

— Mes pièces ne m'appartiennent pas. Les grands théâtres se les arrachent.

— Donc pas de place dans aucune salle de

Paris pour notre troupe condamnée à vivre dans la rue. »

Piqué dans son orgueil, il lui parle de son discours à l'Assemblée en faveur du théâtre qui fait vivre des dizaines de métiers et des milliers d'ouvriers.

« Le théâtre est d'utilité publique. Il faut le subventionner. Je l'ai dit et écrit noir sur blanc. »

La voyant se lever, prête à partir, il lui pose la question qui le brûle :

« Vous êtes médium ? Avouez que vous communiquez avec les morts. »

Considère-t-il son silence comme une approbation ?

« Revenez, vous savez parler aux absents. Nous ferons tourner la table, je ferai ce que je pourrai pour votre ami. Prenez ceci en attendant. Inhumain que des comédiens dorment dans la rue par ce froid. Faute de théâtre, ils vont pouvoir se payer un toit. »

Nicolas respire à la vue de l'enveloppe. La troupe au complet reprend espoir du même coup.

« Combien ?

— Je ne sais pas compter », réplique-t-elle.

Les pièces virevoltent entre ses doigts. Tirer la langue hors de la bouche, est-ce nécessaire pour ne pas se tromper ? L'argent empoché, il lui dit qu'elle est un ange.

Exalté, volubile, il les informe de ses nouveaux projets.

« Nous sommes sur un volcan. La rue gronde. La France est sur le point d'exploser. Plus d'Esther qui gémit et se plaint, plus d'Athalie qui se lamente. Ceux qui viennent au théâtre veulent entendre parler de leurs problèmes. Or seul Hugo sait le faire. J'irai le voir demain, l'argent de mon oncle financera *Hernani*. »

Yudah tétanisée est incapable de dire qu'elle a rencontré Victor Hugo et que l'argent vient de lui et pas de l'oncle.

À peine a-t-il terminé sa tirade que la fameuse calèche fait son apparition au coin de la rue. La main tendue hors de la portière n'ayant pas trouvé la sienne, un visage se dessine derrière la vitre. Mâchoire carrée, front étroit et deux yeux ronds comme canon de pistolet. Yudah sait maintenant à quoi ressemble l'Ogre. Son exaspération exprimée par ses chevaux qui piaffent, par les pigeons qui tournent autour du véhicule en roucoulant. C'est un enragé qui fonce vers eux, traîne vers la voiture un Nicolas soumis, un esclave heureux de l'être.

Le véhicule disparu dans le labyrinthe des ruelles, elle se sent vidée. Trop d'émotions en un seul jour. Comparée à la vie plate dans le désert, sa nouvelle vie ressemble à une pelote inextricable de laine, un puits creusé jusqu'en enfer mais qui ne laisse filtrer aucune goutte d'eau.

Elle aime Nicolas sans savoir quel nom donner à ses sentiments. Irait en enfer s'il le lui demandait, écrirait les livres qu'il n'a pas su écrire si elle savait écrire, lui donnerait son corps si celui-ci lui convenait. Mais Nicolas n'aime que l'Ogre, *Hernani*, la révolution, le désordre, tout ce qui se démantèle, se défait, tout ce qui rejette les lois en vigueur pour les remplacer par d'autres qui ne sont pas forcément meilleures. Nicolas veut le chaos alors qu'elle ne se sent bien que dans la routine et la continuité.

On n'entre pas chez le grand Hugo comme dans un moulin, cette fille fabule, perd la tête. Trop de changements pour sa petite cervelle. Paris après le désert, peu de gens résistent. La maison du poète décrite avec précision comme si elle y avait été, un mirage, rien qu'un mirage pareil à ceux qu'elle croyait voir de sa tente. Il paraît qu'il l'a encouragée à revenir. Quelqu'un d'autre aurait sauté sur l'occasion et y serait retourné le lendemain. La preuve par quatre qu'elle a rêvé la visite, l'argent donné par le vieil oncle de Nicolas, attribué à Hugo qui n'a aucune raison de faire l'aumône à des comédiens qu'il n'a jamais vus sur scène et qui viennent du cul de la France. Bizarre que Nicolas si sceptique croie à ses boniments. Il l'a même accompagnée place des Vosges aujourd'hui. Postés face à l'immeuble, ils ont attendu toute la matinée qu'un volet s'ouvre pour se précipiter à la porte, sourde à leurs coups de sonnette.

Le grand poète s'est-il évaporé ?

Il reviendra quand la rue sera moins agitée, explique le marchand de parfums. Le bruit des barricades construites avec des pavés n'incite pas à la création. Or personne n'ignore que le maître écrit dans le silence. Revenez dans une semaine, une fois la chienlit fatiguée de crier, que les pioches auront arraché le dernier pavé, quand les partisans de la république et ceux de la monarchie se seront exterminés. Vision bien pessimiste, Nicolas y adhère à moitié. Les manifestations qui se déroulaient dans la bonne humeur deviennent plus violentes chaque jour. Des sacs de sable bouchent l'entrée de leur auberge.

À chacun son obsession, celle de Nicolas a pour nom *Hernani*, celle de Yudah consiste à ne pas décevoir Nicolas.

Il s'entête à vouloir monter cette pièce tout en sachant qu'elle est programmée au Théâtre du Palais-Royal. Nicolas parle pour parler, son silence pouvant être mal interprété, faire croire qu'il manque d'idées, parle pour oublier son angoisse et remplir le temps qui le sépare de l'arrivée de la calèche, des yeux froids comme canon de pistolet. Les choses sans importance qui sortent de sa bouche s'émiettent au contact de l'air. Et ce n'est pas à Yudah qui ne sait ni lire ni écrire d'en ramasser les débris et de les recoller pour en faire des idées exploitables.

Nicolas happé par la calèche, Yudah reprend son poste d'observation seule. Dépassée la boutique du parfumeur, elle se croit sujette aux hallucinations face aux portraits exposés dans la vitrine d'une galerie. La novice de Sainte-Marguerite morte depuis un an y est tour à tour grave, songeuse, triste, pensive. La signature, Jean d'Albi, à l'angle de chaque toile, ne laisse aucun doute. Cécile mourante la regarde à travers la vitre.

Déçue de ne trouver aucune ressemblance avec ses propres traits, elle s'apprête à partir quand une esquisse au charbon la cloue sur place. La silhouette vue de dos pourrait être celle de n'importe quelle femme si le visage tourné vers le peintre n'était le sien. Elle reconnaît l'escalier qu'elle emprunta lorsqu'elle quitta définitivement la bastide, reconnaît les balustres qui le bordent, les deux pots de géranium posés de chaque côté du seuil. Le peintre l'a dessinée alors qu'elle tournait le dos à sa maison. Le corps étroit est le sien, et surtout le regard égaré et la bouche ouverte sur un cri muet, une supplique au maître des lieux qui ne l'a pas retenue.

Le galeriste est incapable de la renseigner. Il ne connaît pas le peintre. Ses toiles lui ont été envoyées par la poste. Il paraît qu'il ne sort jamais de chez lui. Un homme bizarre enfermé dans ses obsessions.

Nicolas disparu dans la nature et ne sachant comment retrouver les autres membres de la troupe dispersés dans Paris, Yudah désœuvrée erre dans les rues qu'elle connaît, ne s'aventurant jamais hors de son arrondissement. Vue à travers une ruelle, l'eau qui marche au loin l'attire, elle coupe par la rue Saint-Paul, emprunte un escalier et se retrouve sur les berges. Une main en visière sur le front, son regard fait un tour d'horizon avant de s'arrêter sur une silhouette penchée sur le parapet du pont qui relie les deux rives. Elle reconnaît le visage malgré l'éloignement. L'homme ne lui est pas étranger. Soudain, il se redresse, s'ébroue tel un oiseau prêt à s'envoler, hurle son nom.

« Yu... dah, Yu... dah ! Ne bouge pas, j'arrive ! »

Elle le voit courir sur le pont, la rue le happe avant qu'il ne reparaisse sur l'escalier qu'il dégringole à grande vitesse. Son cousin Daoud est là qui la serre jusqu'à l'étouffer. L'adolescent qui l'entraînait derrière les dunes a grandi, en deux ans il est devenu un homme. Ils se regardent, se jettent de nouveau dans les bras l'un de l'autre, pleurent et rient en même temps, se palpent pour s'assurer qu'ils ne rêvent pas puis rient de nouveau. Rient avec des sanglots dans la voix.

« Que fais-tu ici ? »

La même question posée de part et d'autre.

Elle lui dit qu'elle l'a vu en rêve, noir de charbon, et il dit qu'il a effectivement voyagé jusqu'à Alger dans une carriole qui transportait du charbon avant de prendre le bateau jusqu'à Marseille comme chauffeur (toujours le charbon), qu'il l'a cherchée à Toulon où l'Émir Abdelkader avait débarqué avec ses proches, au château de Pau où personne ne la connaissait, avant de conclure qu'elle devait faire partie des fidèles de l'Émir réfugiés à l'île Sainte-Marguerite. « Des misérables, six cents morts jusqu'à aujourd'hui. Et les vivants traités en prisonniers. Le préfet de Nice a fait construire un mur autour de l'île pour éviter les évasions. Je serais rentré en Algérie si une religieuse ne m'avait conseillé de te chercher à Albi. J'ai suivi tes traces de la bastide du peintre qui t'a hébergée jusqu'à la fermière que tu accompagnais à Pau. »

Daoud maudit le rabbin Haïm qui a leurré la tribu et fait le malheur de Yudah, maudit Abdelkader qui ne l'aurait jamais épousée. Un musulman n'épouse pas une juive : les enfants nés d'une juive sont juifs même si leur père est musulman ou chrétien.

« Tout le monde se désole pour toi. Ta mère accuse ton père de t'avoir bradée, elle continue à t'attendre malgré sa certitude que tu es morte. C'est si rare qu'une fille retourne au campement après la ville. Celles qui s'en sortent ne sont plus elles-mêmes. Même leur voix change. Des pieds plus étroits à force de les serrer dans des chaussures, des hanches moins étoffées à force de déambuler dans les rues pour trouver du travail. Certaines vendent leur corps. D'autres nettoient les maisons des riches et se nourrissent des miettes laissées sous leur table. Elles reviennent souillées, défraîchies, vieillies avant le temps, seules. Aucun homme n'en veut et les mères se désolent et pleurent leurs filles vouées au célibat. Les bras ramollis ne peuvent plus tirer l'eau du puits, ni attacher une chèvre au pieu, ni charger et décharger les chameaux au retour de la caravane quand les hommes épuisés par cent soleils entre Ghardaia et Tombouctou, lèvres et barbe blanchies par les poussières, s'affalent devant leur tente et tendent leurs pieds à laver aux femmes. »

Daoud parle des filles mais qu'en est-il des hommes de la tribu ?

« Ils partent ou végètent sur place. Ils regardent les machines creuser le désert à la recherche des gisements de gaz, des mines de fer ou de cuivre et se frappent la poitrine, se giflent. Ils étaient assis sur un trésor mais ne le savaient pas. Il fallait que d'autres s'enrichissent à leur détriment. Les femmes ne disent rien même si on les sent rongées de l'intérieur. Elles vont ramasser le bois pour ne pas étouffer. Le fagot sur la tête, on les confond avec l'âne chargé du même faix qui les suit. D'autres apprennent à leurs filles à séduire les étrangers. Apporter de l'eau sur le chantier revient à coucher avec les hommes privés de femme. Payées en boîtes de sardines, en boucles d'oreilles. Les généreux donnent des dirhams et parfois un enfant dans le ventre de l'ignorante qui ne sait pas se protéger. Pourtant ce ne sont pas les herbes abortives qui manquent dans le désert. Ta mère, la mienne et toutes les autres en faisaient des provisions, sinon tous les déserts du monde ne suffiraient pas pour héberger les Qurayzas.

— Tu habites où ? »

La main de Daoud montre à la fois les quatre points cardinaux. Il habite partout et nulle part.

« Depuis quand tu es à Paris ?

— Bientôt un mois.

— Qu'as-tu fait tout ce temps ?

— Je te cherchais. Toutes les brunes aux cheveux bouclés étaient toi. Mille déceptions avant de te retrouver. »

La culpabilité écrase Yudah. Elle se sent responsable de l'errance de son cousin. Où l'héberger ? L'aubergiste menace de récupérer sa chambre jamais payée par Nicolas. Ne connaissant qu'une adresse, celle de l'hôtel particulier ouvert à tous les êtres avides de liberté, elle va demander au poète libertin de les héberger. Il y a de quoi abriter toute une tribu dans les trois étages.

« Que savez-vous faire ?

— Dompter un chameau furieux, réunir un troupeau égaré, charger un âne », répond Daoud.

N'ayant ni bétail, ni chameau, encore moins un âne, le poète libertin demande du concret.

« Je sais aussi aiguiser une dague, apprivoiser un faucon.

— Sais-tu cuisiner ? »

La question est brutale. Il veut bien dépanner le jeune homme mais à condition qu'il soit utile.

Daoud, qui se gratte la tête, finit par trouver :

« Bien sûr que je sais cuisiner. Grands et petits mangeaient avec leurs doigts la malkïa que je préparais pour Pessah.

— Pessah, c'est quoi ?

— La Pâque des juifs, le renseigne Yudah, plus instruite que son cousin.

— Et la malkïa ?

— Une soupe sur fond d'os de mouton cuits

avec une plante de la même famille que le cannabis. »

Le voilà informé. Son mouchoir épongeant la sueur de son front, il se demande quoi faire de cet énergumène. Son doigt vissé sur sa tempe dit qu'il réfléchit. Suspendus à ses lèvres, Yudah et Daoud attendent le verdict. Leur avenir dépend de ce qu'il va dire. Ça y est, il a trouvé. Le saroual élimé du demandeur d'emploi a dicté la solution.

« À la poubelle, toutes ces hardes. On va t'habiller en Barbaresque : caftan de soie, turban sur la tête et dague à la ceinture. Je reçois des gens importants ce soir. Reste le problème du visage, trop blanc pour un esclave, mais un peu de charbon fera l'affaire. Mes invités vont en avoir plein la vue.

— Les mêmes invités que l'autre fois ? s'inquiète Yudah.

— Plutôt des vieillards. Des opposants au régime, des ennemis de la monarchie. »

L'a-t-il rassurée ? Le souvenir des amants qui s'accouplaient dans toutes les chambres continue à l'obséder. Elle s'inquiète pour le pudique Daoud qui lui pinçait le bout des seins sans oser s'aventurer plus bas, conscient qu'une fille ouverte est pareille à une porte fracassée. Ouverte à tout venu.

Nicolas disparu il y a trois jours et l'auberge fermée depuis la multiplication des barricades, Yudah arpente les rues à sa recherche. Entendre son nom crié par plusieurs voix fait bondir son cœur dans sa poitrine. Alignée sur le trottoir, la troupe au complet lui fait de grands signes des bras.

Elle doit avoir des nouvelles de Nicolas, elle est la dernière à l'avoir vu.

« L'Ogre l'a mangé. »

Pythie qui profère un oracle.

Elle l'a vu dans un rêve. Elle entendait les mâchoires du propriétaire de la calèche broyer les os délicats de Nicolas, elle a vu ses babines barbouillées du sang de Nicolas. Ses rêves ne mentent pas.

Un sifflement interrompt les terribles prémonitions. Le siffleur n'est autre que Nicolas caché derrière un réverbère pour échapper à l'aubergiste qui a juré de l'envoyer en prison. Il leur fait signe de s'approcher, il a des renseignements d'une grande gravité à leur communiquer.

Pourquoi chuchote-t-il alors que la rue est déserte ? Il dit avoir rencontré qui vous savez, l'avoir mis en garde contre sa politique. « Vos ministres, Sire, vous cachent la réalité. Vous courez droit au désastre si vous n'écoutez pas le peuple. Les gens sont excédés. Ils ont faim, froid, ils sont écrasés par les impôts. Des barricades coupent les rues de la capitale, vos soldats et les insurgés ne vont pas tarder à s'entretuer. Paris est sur le point d'exploser. »

Mardochée est terrifié.

« Tu lui as dit tout ça ?

— Et pourquoi ne le lui aurais-je pas dit ?

— Et qu'a-t-il répondu ?

— Il m'a demandé qui j'étais et ce que je faisais dans la vie. "Du théâtre, Votre Majesté. Les barricades, les insurgés, les cris hostiles à votre politique, c'est de la tragédie. Il suffit d'un bon metteur en scène pour que tout rentre dans l'ordre." Je lui ai offert mes services. »

Leur bouche béante d'admiration ne les empêche pas de douter. Nicolas les a habitués à sa manière de falsifier la réalité. Mais il ment avec tant de ferveur qu'ils sont souvent tentés de le croire.

Qu'il mente est le dernier souci de Yudah, toute à son obsession. Elle veut savoir où est l'Ogre.

« Parti sur ses terres, loin de Paris devenu un vrai coupe-gorge, la renseigne-t-il. Un être aussi craintif n'y a pas sa place. Ne supporte pas la violence, tourne de l'œil à la vue de la moindre goutte de sang. Un rêveur, un artiste. Il chante la messe en latin, voix d'ange, mais l'homme est d'une timidité maladive, il décline toutes les sollicitations : chanter sur une scène, il laisse ça aux saltimbanques.

« Une grande âme, donnerait sa peau pour vêtir un misérable. C'est grâce à son aide que j'ai pu louer une salle de spectacle pour pouvoir jouer *Hernani*. Hugo m'a promis sa pièce. Hugo n'a qu'une parole. »

Les comédiens se frottent les mains, contents de remonter sur scène alors que Yudah est révoltée par tant de mensonges.

Ce que Nicolas appelle son théâtre n'est autre que la rue. Le local désaffecté d'anciennes pompes funèbres, en face, servira de coulisses. Le vieux cercueil et la couronne de fleurs artificielles laissés sur place suffisent comme décor. Inutiles les massues, javelots et lance-pierres entassés dans les angles, à moins qu'il ait l'intention de monter *Ajax* de Sophocle ? Il y a même un tambour alors que les Grecs anciens ne connaissaient pas le tambour. Nicolas demande à Yudah si elle sait en jouer. Elle connaît le rythme seulement, copié sur la danse des chamelles. « Tap tap tap tatatap tatatap tap » jusqu'à l'aube quand, fatiguées de danser, les femelles plient leurs pattes sous leur ventre et s'endorment d'un coup.

« Tu peux me montrer ? »

Incapable de rien lui refuser, elle plie un genou en arrière, lance l'autre en avant, oscille de droite à gauche, recommence les mêmes gestes, yeux fermés, concentrée sur une vision venue de loin, consciente que le miracle s'arrêterait si elle perdait de vue les pattes animales qui se balancent au son du tambour, la croupe qui tangue. Un pas en avant, un pas en arrière bien qu'elle n'ait jamais dansé avant ce jour, les chamelles imitées jusqu'à épuisement de ses forces.

La voyant haletante de fatigue, ses amis décident de la raccompagner chez elle alors qu'elle n'a pas de chez elle.

« Je suis hébergée chez un vieux poète qui habite une vieille maison derrière la place des Vosges. Tous les amants y sont les bienvenus. Ils font l'amour au nom de la liberté. »

On se croirait à des obsèques sans la présence sur le perron du Barbaresque avec sa torche. Les hommes d'âge respectable en manteau noir et chapeau haut de forme qui se pressent à la grille viennent d'une autre planète que les couples adultérins d'il y a une semaine. Daoud immobile ne cille pas, respire à peine. On dirait une statue d'ébène. Des vieux, des moins vieux, mais pas la moindre femme. Yudah n'est pas rassurée pour autant. De ses quinze années de vie, elle a appris qu'un homme n'aime pas nécessairement les femmes, il y en a qui préfèrent les garçons.

Vont-ils violer son cousin à tour de rôle, en faire leur jouet sexuel ?

Yudah voit rouge. Elle crierait au violeur et foncerait tête basse dans le tas si ses camarades ne la retenaient pas.

« Tu ne vas pas te disputer avec des politiques. Laisse-les faire leur révolution. Tu peux faire confiance à Albert Patin de la Fizelière, mauvais poète mais bon patriote. »

Le nom déchiffré sur la plaque est beaucoup trop long pour Yudah. Elle l'appellera Albert, le reste laissé à plus intelligent.

Daoud est indemne. Yudah est rassurée. Aucun des convives du poète-écrivain ne lui a fait d'avances, ni même ne l'a touché. Ils ont dû le prendre pour une statue ou un de ces porte-torchères en vente chez les antiquaires éclairant les salons des nostalgiques de l'esclavage. Se retrouver sous le même toit que son cousin est un miracle, même s'ils ne s'entendent pas sur l'essentiel. Daoud voudrait retourner au pays et elle voudrait rester en France. L'exil, dit un proverbe, est tombeau pour les uns et porte ouverte pour les autres. Elle forcerait cette porte, se ferait une place dans cette ville qui bout comme une marmite, le gîte assuré par le poète libertin qui semble content de l'héberger. Désirant lui prouver sa gratitude, elle s'empare d'un balai et confie une serpillière à son cousin. La poussière accumulée dans les trois étages ne fait pas peur à ceux qui ont grandi dans le plus poussiéreux des déserts. Ils balaient le sol, frottent les murs, font reluire le parquet, jettent les pages froissés couvertes de la même écriture illisible. Autant de pages que de feuilles mortes sur le sol du jardin.

« Vous travaillez trop, monsieur, alors que vous avez une maison et de quoi manger à votre faim. Il faut vous ménager, sortir, aller au restaurant, voir du monde, vous marier chaque jour avec une femme différente. »

Comment leur expliquer qu'il est marié avec les livres, écrire ne le fatigue pas, un jour sans écriture est un jour mort pour lui, et qu'il rencontre plein de monde quand il écrit ? Des gens de bonne compagnie, choisis, non imposés, ses personnages lui obéissent au doigt et à l'œil, il se distrait avec eux bien plus qu'avec les autres, ils sont ses vrais amis, les seuls. Son ambition : Écrire la voix de ceux qui crient sur les barricades, construire avec leurs cris un mur qui les protégera de la police qui tue sans discernement. Tuer tous les policiers, tous les soldats, tous ceux qui possèdent un pistolet.

De ce discours enflammé Yudah retient qu'il préfère les gens en papier à ceux en chair et en os. Son grand-père Ishack ne faisait-il pas de même avec les fleurs qu'il aplatissait entre les pages de sa Bible ?

Les livres époussetés avec rage disent qu'il ne l'a pas convaincue.

Se battre contre la poussière ne l'empêche

pas de penser à la déception des comédiens en découvrant ce que Nicolas qualifie de théâtre. Un mois à courir les rues pour aboutir à un entrepôt ? Comment gagnent-ils leur vie ?

Chacun à sa façon et selon ses aptitudes, d'après ce qu'elle a compris. Celle qui tient le rôle d'Élise entretenue par un riche vieillard qui lui achète chaque jour une nouvelle robe et un nouveau chapeau, la vieille incarnant Zarès et qui a la larme facile veille les morts. Pas de cheminée qui résiste au fils de ramoneur qui joue Aman. La carrure impressionnante de celui qui tient le rôle d'Asaph lui a valu un emploi aux halles. Poids plume pour ses épaules la carcasse de bœuf, alors que les filles du chœur font à titre provisoire le tapin porte Saint-Martin, et gagnent en un jour ce que le théâtre leur rapporte en un mois. Elles le feront jusqu'au jour où Nicolas reprendra *Esther*. Restent les deux comédiens qui jouent Mardochée et Assuérus, ils louent leurs bras sur les barricades. Pas de pavé qui leur résiste. Un seul coup de pioche suffit pour l'arracher.

Il lui a dit de revenir, et elle revient tous les soirs place des Vosges quand les ombres s'aplatissent sur le sol, et scrute de loin les fenêtres éclairées du grand poète. Toute silhouette est la sienne. Elle retient son souffle puis retombe en elle-même une fois la silhouette happée par un mur. Les lumières clignotantes du lustre qui illumine le salon tous les soirs à la même heure ont leurs prolongements dans ses yeux. Assimilées à des étoiles filantes. Elle fait le vœu insensé de revoir le grand Victor Hugo qui l'a qualifiée de médium alors qu'elle ne sait même pas lire dans le marc de café. Elle est la dernière des humains, la plus ignorante des êtres, une plume qui oscille au gré du vent, un caillou qui dérive au fil du courant. Une perdante, voilà ce qu'elle est. N'a su garder aucune des personnes qui ont croisé son chemin. Cécile, frère Dieudonné morts par sa faute. Le peintre emmuré dans ses hallucinations, Nicolas rejeté par tous les théâtres. Le profil du poète à travers une vitre, des invités descendus d'une calèche et qui s'engouffrent sous son portail l'arrachent à son banc. Elle les suit sans réfléchir, n'aurait pas franchi la porte si le maître d'hôtel ne l'avait pas reconnue. Se moque-t-il d'elle lorsqu'il dit l'avoir cherchée dans toutes les auberges du quartier, que son maître désirait la revoir ?

« Pourquoi, pourquoi ? » Seuls mots qu'elle arrive à prononcer.

« Pour convoquer les esprits qui résistent, vous seule savez les faire parler. »

Yudah ne connaît aucun des invités. Elle a entendu leur nom dans la bouche de Nicolas et du poète libertin. Théophile Gautier, assidu d'un Club de hachichins, donne l'impression de planer. Le raffiné Alfred de Vigny nettoie son siège avec son mouchoir avant d'y poser son postérieur. Sarcastique et suffisant, Eugène Delacroix jette des phrases acérées. Sainte-Beuve, ancien rival de Victor Hugo, suit du regard Adèle Hugo qui imite le parler de son mari, lançant l'anathème sur l'un, faisant l'éloge de l'autre. Madame Hugo, grande prêtresse en son temple.

Regards amusés et condescendants sur celle présentée comme une voyante, une extralucide qui voit au-delà de la vie. La table tournant sous la conduite du maître des lieux, tous posent la même question exprimée de manière différente. « Chez quel éditeur publier mon nouveau recueil de poèmes ? » « Devrais-je me représenter à l'Académie française ? » « Me faudra-t-il changer de galeriste pour ma prochaine exposition ? » Pas la moindre question sur leur vie affective, les épouses, les enfants laissés à la maison ne pèsent pas lourd face à leurs ambitions. La notoriété leur tient lieu de vie. La voix tonitruante de Victor Hugo surplombe les bavardages. Il veut entendre sa fille lui dire qu'elle n'a pas souffert au moment de sa mort et qu'elle est bien là où elle est. Les mains du poète et celles de Yudah à plat sur le guéridon se communiquent leurs énergies. La douleur du père en deuil de sa fille passant dans ses paumes, Yudah essaie de traduire en mots les images rapides qui vrillent ses yeux, essaie de les attraper avant qu'elles ne s'évanouissent. Le décalage entre ces visions et la réalité posant problème, elle se laisse entraîner par les mots, leur fait confiance, ils ne peuvent la trahir tant que l'homme en deuil l'aide de sa présence. Yudah donne la parole à des phrases qu'elle ne connaissait pas avant ce jour, les laisse jaillir telle source qui crève la terre pour surgir à l'air.

Mouvement imperceptible de la table perçu par les quatre mains adhérant au bois. Un pied vient de se soulever. La voix suppliante du poète appelant sa fille est-elle reliée à ce pied soudain pris de frénésie et qui tape le sol avec rage ?

La table qui se soulève puis retombe, se soulève de nouveau avant de s'élancer vers la seule fenêtre ouverte, cherche-t-elle à fuir ? Son plateau plus large que l'embrasure, elle va se fracasser contre le mur. Un vent glacial souffle soudain sur la pièce alors qu'il faisait beau il y a un moment. Il gonfle les lourds rideaux, fait cliqueter les pampilles du lustre. L'esprit qui guidait la table a-t-il l'intention de lacérer, casser, détruire ? Et quelle question du poète l'a mis hors de lui ? Demander si sa fille l'entend là où elle est mérite-t-il tant de colère ?

Le froid dans toute la maison, le même froid à l'intérieur des invités. Chapeaux et manteaux récupérés en hâte, ils se ruent vers la sortie. Yudah est la dernière à quitter les lieux. Le visage enfoui dans ses mains, le poète ne la retient pas.

Faut-il penser que les morts arrachés brutalement à leur vie deviennent rancuniers ?

Déchiffrer les gros titres du journal sous la conduite de son hôte est devenu un rituel pour Yudah malgré sa conviction que savoir lire et écrire ne rend ni plus heureux ni plus riche. Elle le fait le cœur lourd ce matin. Sa soirée place des Vosges l'a fortement perturbée.

« Un comédien devenu chef d'insurgés a construit une barricade devant son propre théâtre », lit-elle, sûre qu'il s'agit de Nicolas même si son nom n'est pas mentionné. Il risque la prison avec ses barils de poudre, bouteilles de vitriol, pioches, pelles et mousquetons. « Risque la pendaison », dit le journal qui le qualifie de plus virulent des ennemis de la monarchie, le plus enragé des insurgés.

Elle ne ramasse pas le journal lâché par ses mains, l'enjambe et court sans donner d'explications. Guidée par son flair, elle saura retrouver la barricade et le théâtre dont elle a oublié le nom et l'emplacement. Opération difficile, les insurgés en ont construit dans toutes les rues, même dans les ruelles. L'affolement sur son petit visage lui ouvre toutes les issues jusqu'à Nicolas qui consolide sa barricade avec tout ce que les riverains lui lancent par les fenêtres. Chaise boiteuse, commode éventrée, poussette déglinguée, bicyclette sans roues, banc public démantelé. Il est preneur. Le directeur d'une troupe de comédiens devenu chef de chantier. Démolir pour construire ne l'empêche pas de discourir. Juché sur son promontoire, il harangue la foule qui l'applaudit même si un mot sur deux de ce qu'il dit est couvert par le vacarme des pioches et des pelles. Il veut une empoignade avec l'Histoire, veut que le présent envahisse le passé autosuffisant. Fini le silence des archives poussiéreuses, finis les savants érudits dans leur tour d'ivoire. Il faut détruire pour rebâtir autrement.

Rejeté par tous les théâtres de Paris, Nicolas a érigé le sien sur une vulgaire muraille faite de pavés et de meubles disloqués. Son public constitué de gens simples qui n'ont d'autre ambition que de manger à leur faim. Nicolas s'adresse à tous, même aux enfants, tandis qu'une escouade de soldats postée à l'angle de la rue prépare l'assaut final. Repérant Yudah dans la foule, il choisit ce moment pour lui crier de le rejoindre. Sa main la hisse à ses côtés.

« Danse la danse des chamelles, Yudah, danse

pour les misérables, prouve aux chiens du roi que tu n'as pas peur. »

Elle croit danser mais elle tremble. Un genou lancé en avant, l'autre en arrière, elle oscille, tournoie, tangue : Tap tap tap, tatatap... Les yeux fermés, elle se concentre sur les chamelles qu'elle est seule à voir, devient chamelle pour ne pas décevoir Nicolas. Peu importe si ses jambes flageolent ; Nicolas semble satisfait. Soudain tout dégénère. Et elle a du mal à comprendre ce qui se passe.

Tout a commencé par une clameur qui s'amplifie en même temps que les fumées d'incendies se faufilent dans la rue, voilent la façade des immeubles, aveuglent les badauds et les insurgés. Les magasins ferment l'un après l'autre, les voitures sont renversées, ceux qui applaudissaient il y a un instant fuient à toutes jambes. Seuls Nicolas et Yudah n'ont pas bougé. Cloués sur la barricade, ils ressemblent à deux papillons épinglés sur l'air.

Qui des assaillants ou des insurgés a tiré le premier ? Des coups de feu de toutes parts. Une femme s'est écroulée sur la barricade, un homme l'a recouverte de son corps pour la protéger.

Plus personne aux fenêtres. Tous devenus brusquement sourds à celui qu'ils acclamaient il y a un moment. Sourds aux hurlements de l'homme ensanglanté alors que c'est la fille qui perd son sang. Lui-même n'est que blessé, à la main, qu'il avait levée haut pour jurer que rien ne le ferait reculer.

« Ne meurs pas tout de suite », la supplie-t-il avant de perdre connaissance.

La mort dans le désert n'étant pas la même que dans les villes, Yudah ne sait pas ce qui lui arrive, ne comprend pas les supplications de l'homme penché sur elle ; ses mots formulés dans une langue étrangère qu'on lui a apprise mais qu'elle est en train de perdre en même temps que son souffle. Elle ne l'entend plus alors qu'elle perçoit avec précision les youyous de sa mère qui l'accueille au campement et ses questions concernant la dot : « L'Émir Abdelkader a-t-il apprécié les casseroles, les amulettes, le miroir et le tapis de prière à quatre nœuds ? Ses autres épouses t'ont-elles acceptée ? »

Yudah est consciente d'une chose : elle meurt pour une cause qui ne la concerne pas. Si elle pouvait parler, elle dirait que tout le monde était gentil pour elle, personne n'était méchant. C'est pour protéger les juifs que le rabbin Haïm a fait croire aux siens qu'Abdelkader allait l'épouser, pour sauver son âme que les religieuses de Sainte-Marguerite l'ont chassée de l'île et pour en faire une grande comédienne qu'on l'a hissée sur la barricade.

Impression nébuleuse, les youyous de sa mère perçus à travers mer et continent. Elle devrait s'y accrocher pour s'empêcher de se perdre de vue et pour arrêter le mouvement qui l'entraîne toujours plus bas, à une vitesse vertigineuse, dans un lieu où les ténèbres tiennent lieu de fond. Seule avec la voix inquiète de sa mère qui veut savoir si l'Émir Abdelkader a apprécié sa dot.

FIN

Postface

Libéré avec ses proches après quatre années de captivité, Abdelkader est reçu le 2 décembre 1852 avec tous les honneurs par Napoléon III entouré de ses ministres et d'un grand nombre d'intellectuels. Serrant la main de l'Émir, Albert de la Fizelière lui parle d'une de ses compatriotes, une juive du désert, morte en martyre sur une barricade lors du soulèvement contre la monarchie en 1848. Apprenant qu'elle vient de la tribu des Qurayzas, l'Émir fait l'éloge des juifs qui ont fourni bon nombre de ferrailleurs, d'aiguiseurs d'épées et de tailleurs à son armée.

« Plus que des artisans, des artistes, précise-t-il. Une communauté injustement persécutée. Pas un jour ne passe sans que je pense aux minorités devenues le souffre-douleur de ceux qui ont dévoyé la religion du prophète Mahomet, qui donne la plus grande importance au respect de la compassion et de la miséricorde. Car toutes les créatures sont de la famille de Dieu. »

Le temps presse, il se doit aux autres invités. Un port majestueux, quelque chose de grandiose émane du beau visage, de la barbe d'un noir intense qui s'éloigne.

Je remercie

Le peintre et sculpteur Rachid Koraïchi pour ses précieux renseignements concernant les sépultures des membres de la smala d'Abdelkader, à l'île Sainte-Marguerite et au château d'Amboise, qu'il a restaurées.

Le voyant Bernard Salhi qui m'a éclairée sur le don de voyance et sur la vie monastique.

Le journaliste Dominique Gallet, connaisseur des événements politiques survenus en France à l'époque de ce roman.

DU MÊME AUTEUR

Au Mercure de France

QUELLE EST LA NUIT PARMI LES NUITS, 2004.
SEPT PIERRES POUR LA FEMME ADULTÈRE, 2007 (Folio n° 4832).
LES OBSCURCIS, 2008.
LA FILLE QUI MARCHAIT DANS LE DÉSERT, 2010.
OÙ VONT LES ARBRES ?, 2011, Goncourt de la poésie 2011.
LE FACTEUR DES ABRUZZES, 2012 (Folio n° 5602).
LA FIANCÉE ÉTAIT À DOS D'ÂNE, 2013 (Folio n° 5800).

Aux Éditions Actes Sud

LA MAESTRA, 1996.
ANTHOLOGIE PERSONNELLE, 1997. Prix Jules Supervielle.
LE MOINE, L'OTTOMAN ET LA FEMME DU GRAND ARGENTIER, 2003. Prix Baie des Anges.
LA MAISON AUX ORTIES, 2006.

Chez d'autres éditeurs

LES INADAPTÉS, *Le Rocher*, 1977.
AU SUD DU SILENCE, *Saint-Germain-des-Prés*, 1975.
TERRES STAGNANTES, *Seghers*, 1968.
LES OMBRES ET LEURS CRIS, *Belfond*, 1979. Prix Apollinaire.
DIALOGUE À PROPOS D'UN CHRIST OU D'UN ACROBATE, *E.F.R.*, 1975.
ALMA, COUSUE MAIN OU LE VOYAGE IMMOBILE, *Régine Deforges*, 1977.
LE FILS EMPAILLÉ, *Belfond*, 1980.
QUI PARLE AU NOM DU JASMIN, *E.F.R.*, 1980.

UN FAUX PAS DU SOLEIL, *Belfond*, 1982. Prix Mallarmé.
VACARME POUR UNE LUNE MORTE, *Flammarion*, 1983.
LES MORTS N'ONT PAS D'OMBRE, *Flammarion*, 1984.
MORTEMAISON, *Flammarion*, 1986.
MONOLOGUE DU MORT, *Belfond*, 1986.
BAYARMINE, *Flammarion*, 1988.
LEÇON D'ARITHMÉTIQUE AU GRILLON, *Milan*, 1987.
LES FUGUES D'OLYMPIA, *Régine Deforges/Ramsay*, 1989.
LA MAÎTRESSE DU NOTABLE, *Seghers*, 1992. Prix Liberatur.
FABLES POUR UN PEUPLE D'ARGILE, *Belfond*, 1992.
ILS, illustrations de Sebastian Matta, *Amis du musée d'Art moderne*, 1993.
LES FIANCÉES DU CAP-TÉNÈS, *Lattès*, 1995.
UNE MAISON AU BORD DES LARMES, *Balland*, 1998.
LA VOIX DES ARBRES, *Le Cherche-midi éditeur*, 1999.
ELLE DIT, *Balland*, 1999.
ALPHABETS DE SABLES, illustrations de Sebastian Matta, *Maeght*, 2000.
VERSION DES OISEAUX, illustrations de Velikovic, *Éditions François Jannaud*, 2000.
PRIVILÈGE DES MORTS, *Balland*, 2001.
ZARIFE LA FOLLE et autres nouvelles, *Éditions François Jannaud*, 2001.
COMPASSION DES PIERRES, *La Différence*, 2001.
LA DAME DE SYROS, *Invenit*, 2013.
CHERCHE CHAT DÉSESPÉREMENT, *Écriture*, 2013.

COLLECTION FOLIO

Dernières parutions

5888. Jens Christian Grøndahl — *Les complémentaires*
5889. Yannick Haenel — *Les Renards pâles*
5890. Jean Hatzfeld — *Robert Mitchum ne revient pas*
5891. Étienne Klein — *En cherchant Majorana. Le physicien absolu*
5892. Alix de Saint-André — *Garde tes larmes pour plus tard*
5893. Graham Swift — *J'aimerais tellement que tu sois là*
5894. Agnès Vannouvong — *Après l'amour*
5895. Virginia Woolf — *Essais choisis*
5896. Collectif — *Transports amoureux. Nouvelles ferroviaires*
5897. Alain Damasio — *So phare away et autres nouvelles*
5898. Marc Dugain — *Les vitamines du soleil*
5899. Louis Charles Fougeret de Monbron — *Margot la ravaudeuse*
5900. Henry James — *Le fantôme locataire précédé d'Histoire singulière de quelques vieux habits*
5901. François Poullain de La Barre — *De l'égalité des deux sexes*
5902. Junichirô Tanizaki — *Le pied de Fumiko précédé de La complainte de la sirène*
5903. Ferdinand von Schirach — *Le hérisson et autres nouvelles*
5904. Oscar Wilde — *Le millionnaire modèle et autres contes*
5905. Stefan Zweig — *Découverte inopinée d'un vrai métier suivi de La vieille dette*
5906. Franz Bartelt — *Le fémur de Rimbaud*

5907.	Thomas Bernhard	*Goethe se mheurt*
5908.	Chico Buarque	*Court-circuit*
5909.	Marie Darrieussecq	*Il faut beaucoup aimer les hommes*
5910.	Erri De Luca	*Un nuage comme tapis*
5911.	Philippe Djian	*Love Song*
5912.	Alain Finkielkraut	*L'identité malheureuse*
5913.	Tristan Garcia	*Faber. Le destructeur*
5915.	Thomas Gunzig	*Manuel de survie à l'usage des incapables*
5916.	Henri Pigaillem	*L'Histoire à la casserole. Dictionnaire historique de la gastronomie*
5917.	Michel Quint	*L'espoir d'aimer en chemin*
5918.	Jean-Christophe Rufin	*Le collier rouge*
5919.	Christian Bobin	*L'épuisement*
5920.	Collectif	*Waterloo. Acteurs, historiens, écrivains*
5921.	Santiago H. Amigorena	*Des jours que je n'ai pas oubliés*
5922.	Tahar Ben Jelloun	*L'ablation*
5923.	Tahar Ben Jelloun	*La réclusion solitaire*
5924.	Raphaël Confiant	*Le Bataillon créole (Guerre de 1914-1918)*
5925.	Marc Dugain	*L'emprise*
5926.	F. Scott Fitzgerald	*Tendre est la nuit*
5927.	Pierre Jourde	*La première pierre*
5928.	Jean-Patrick Manchette	*Journal (1966-1974)*
5929.	Scholastique Mukasonga	*Ce que murmurent les collines. Nouvelles rwandaises*
5930.	Timeri N. Murari	*Le Cricket Club des talibans*
5931.	Arto Paasilinna	*Les mille et une gaffes de l'ange gardien Ariel Auvinen*
5932.	Ricardo Piglia	*Pour Ida Brown*
5933.	Louis-Bernard Robitaille	*Les Parisiens sont pires que vous ne le croyez*
5934.	Jean Rolin	*Ormuz*
5935.	Chimamanda Ngozi Adichie	*Nous sommes tous des féministes* suivi des *Marieuses*

5936.	Victor Hugo	*Claude Gueux*
5937.	Richard Bausch	*Paix*
5938.	Alan Bennett	*La dame à la camionnette*
5939.	Sophie Chauveau	*Noces de Charbon*
5940.	Marcel Cohen	*Sur la scène intérieure*
5941.	Hans Fallada	*Seul dans Berlin*
5942.	Maylis de Kerangal	*Réparer les vivants*
5943.	Mathieu Lindon	*Une vie pornographique*
5944.	Farley Mowat	*Le bateau qui ne voulait pas flotter*
5945.	Denis Podalydès	*Fuir Pénélope*
5946.	Philippe Rahmy	*Béton armé*
5947.	Danièle Sallenave	*Sibir. Moscou-Vladivostok*
5948.	Sylvain Tesson	*S'abandonner à vivre*
5949.	Voltaire	*Le Siècle de Louis XIV*
5950.	Dôgen	*Instructions au cuisinier zen* suivi de *Propos de cuisiniers*
5951.	Épictète	*Du contentement intérieur et autres textes*
5952.	Fénelon	*Voyage dans l'île des plaisirs. Fables et histoires édifiantes*
5953.	Meng zi	*Aller au bout de son cœur* précédé du *Philosophe Gaozi*
5954.	Voltaire	*De l'horrible danger de la lecture et autres invitations à la tolérance*
5955.	Cicéron	*« Le bonheur dépend de l'âme seule ». Tusculanes, livre V*
5956.	Lao-tseu	*Tao-tö king*
5957.	Marc Aurèle	*Pensées. Livres I-VI*
5958.	Montaigne	*Sur l'oisiveté et autres essais en français moderne*
5959.	Léonard de Vinci	*Prophéties* précédé de *Philosophie* et *Aphorismes*
5960.	Alessandro Baricco	*Mr Gwyn*